当代著名作家美文自选集

行走在时光的边沿

范春兰 著

中国社会出版社
国家一级出版社 · 全国百佳图书出版单位

图书在版编目（CIP）数据

行走在时光的边沿 / 范春兰著 . —北京：中国社会出版社，2018.5

（当代著名作家美文自选集 / 凌翔主编）

ISBN 978-7-5087-5987-6

Ⅰ.①行… Ⅱ.①范… Ⅲ.①散文集—中国—当代 Ⅳ.①I267

中国版本图书馆 CIP 数据核字（2018）第 110261 号

丛 书 名：当代著名作家美文自选集
丛书主编：凌 翔
书 名：行走在时光的边沿
著 者：范春兰

出 版 人：浦善新
终 审 人：王 前
责任编辑：张 迟

出版发行：中国社会出版社 邮政编码：100032
通联方式：北京市西城区二龙路甲 33 号
电 话：编辑室：（010）58124856
销售部：（010）58124848
网 址：www.shcbs.com.cn
shcbs.mca.gov.cn
经 销：各地新华书店

中国社会出版社天猫旗舰店

印刷装订：北京楠萍印刷有限公司
开 本：165mm×230mm 1/16
印 张：16.25
字 数：240 千字
版 次：2018 年 8 月第 1 版
印 次：2018 年 8 月第 1 次印刷
定 价：49.80 元

中国社会出版社微信公众号

目 录

Contents

第一辑

蛰居在春天的梢头

风拂处，一页新绿

田野的风是简朴的，是仁厚的。田野的风只属于田野。

风吹过，它慈爱的眼神时刻呵护着村庄的心跳。村庄的人们，站直了身子，扯开了嗓子，瞅一眼妻儿，就哼唱起了农家小调。成行成片的树木们，还有庄稼，依赖并回报着风的多情，都在伸枝展叶，做了眼睛里最美的风景。

风吹过，由于树木、村庄和庄稼之间的相依相伴，使得生命的河流经年泛着绿波。在绿色的包绕之下，所有的生命更加安心、顽强地活着，并不断诞生出一次又一次的繁华和热烈。

田野的风次第漫过季节，大地、山川和河流，以及地面上无数生命的精神世界里，早已悄然归依于神圣，并接续着一种绝美的仪式感。

一

伴随着游动的思绪，一次次走近村庄，走进村庄的深处。走近人类最为忠贞的心源地带，也渐渐接近了这种仪式的现场。

无数次扳着自己的右脚看呀看，一次上山不小心崴了，竟然成了生活中的不能承受之重。走路不平，一条腿不敢用力，不能负重，连续地走路更会让整个人有了挫败感。整整四年，对于一个无论风雨，天天五点半上山运动的人来说，实在是无法形容。

也曾一块块骨头数过来，跗骨、跖骨和趾骨。跗骨 7 块、跖骨 5

块、趾骨 14 块……X 光片、核磁共振，提示的都是微不足道的毛病。可为什么，也就是一次不小心，四年，在这四年里，由于不能运动，体态变得臃肿，脾气变得暴躁，头脑不再灵活，思绪要混乱起来了。

或许你是上天派来的。我走近了村庄，走近了你，一位八旬的老人。走近了你，也就是近距离对古老的村庄正式膜拜了一次，虔诚地膜拜了一次。

让我坐在沙发上，你把尺把高的小木凳放在我面前。我伸出脚，你要蹲下时，我将左边的小凳子递给你。你坐下来，面对着我。

我把所有能叙述清楚的，认真地和你说着。你笑着听。

不知你是如何看得一目了然的。X 线和核磁不能明示的一切，在你面前是那么清晰明朗。你动动这根脚趾，又按按那根脚趾，就是一两分钟吧，你说，起来吧，好了。

好了？

服点舒筋活血的药就行。

我惊讶地再次看着你，半信半疑。我站起身来，试着走了走，除了软组织的不适，已经感觉脚是自己的了。

感慨中，四年的忍受和眼前的两分钟，是那么不对等，又恍惚是一场永远不会成真的梦。

不忍离去。我问你，从多大就开始学这个了，都学了些什么？还记不记得给多少人捏好了脚？

你说，十岁左右开始学的，再年轻些，还接骨呢。现在老了，不接骨了。这时你的女儿插话说，孩子腿骨头折了，就是我爹用手摸着接上的，打了石膏，后来就好了。说完一脸自豪。记得给多少人捏好过吗？这可记不住，多了。说这句话时你的眼神如一阵轻风，一阵淡淡地拂过村庄的风一样，看似无影无踪，实则已悄然在大地上留下了浅浅的印痕。你的女儿又自豪地说，远远近近都有来的，太原的，保定的，还有到北京大医院看不好的，也来了。来一次就好了。你接着轻声说，像我这样的毛病，医院也是治不了的。信，我怎么能不信呢。我也是辗转过多家医院的啊。说完你慢慢转身，面对着我坐在沙发上，眼看着你脸上的岁月纹理水波一样轻漾，合成了一个简单明快的微笑。是打心眼儿里高兴，一个人又能健步如飞了吧？

不知一个个简简单单的村庄深处，究竟藏着多少这样的熟知生命秘密的老人。只要乡邻有求，只要力所能及，就把这浑身的解数，尽情施展，送上一个平安的笑脸。

村庄的深处，这样的微笑是广阔的田野里如约的风，不紧不慢，吹过四季。风拂处，新绿盎然。

朋友私下里说，钱也不要，多么朴实的人啊！

环顾，要把这个院子牢记于心。我拉着你粗糙的手，拉着你不知为多少人解决了脚痛的手。最终我还是理解到了：对于一个生命而言，你七十年以来义务帮助别人做这个事情，所积蓄下的内心的拥有，早已远远胜过了这世间所有的报答。你送我离开这个简单的小院。作别时，我心中的仪式比表面的形式，更为庄重。

二

村庄里，有太多的神奇，让你注目，让你留恋。

总觉得是奶奶养育了一个村庄。四十多户人家的一个村庄，直到奶奶老迈以前，大大小小的孩子们都是奶奶一个人接生的。真不知奶奶是从哪里学来的手艺，能把整整一个村庄接活，且没有出过一例难产事故。

做了多年妇产科医生，也接产过无数的婴儿之后，我才把这些当作一个问题，问奶奶，有没有遇到过难产？什么难产，最好生的是头先生的，还有脚先生的，有屁股先生的，见得不多，都能生下来。还有黑小子媳妇一下子生了俩啊。奶奶说得很是平静，很平常，就像她日日做的三餐。

所有的这些，在奶奶眼里，竟然都是顺产！做了多年临床妇产科医生的我，实在无法理解，连自己的名字都认不出的奶奶，是如何通达我系统地学习过医学知识之后、仍无法抵达的生命地带的？或许，这是上天千挑万选之后，把一份超出常人的智慧和沉甸甸的责任，附加在她的身上了吧。我只能这样认为。

奶奶从不贪图别人的任何报酬，从不说人长短。大多生过孩子的人家，通常也就是请奶奶吃一顿高兴的九日饭。这一切也就顺理成章地过去了。奶奶高兴的是，她的村庄又添丁了。这一切，似乎就和帮邻居往灶堂里添了一把柴一样，是那样简单、随意。

从奶奶，到老奶奶，再到太奶奶。整个村庄，是奶奶不分日夜地用双手用深情托起的村庄。不止这个村庄，远远近近的许多村庄，也都有奶奶的脚印和笑脸。从奶奶的目光里，我见到的是慈爱和智慧，一种我无法理解、无法企及的智慧。整个村庄的人，都是她的孩子。所以，在她的灵魂深处，我感知到的不是普通母亲对亲生子女的情怀，而是一种无比阔大的博爱之情。

怀揣着最真最纤细的情感，我在村庄的怀中漫步。也曾细细地打量过迎面遇到的每一个人，高的、矮的，胖的、瘦的，男人、女人，我在想象他们当年在母腹中时，哪个是头位，哪个不是头位。也曾想，奶奶不分白天黑夜，一手托举起来的这些后代子孙，有没有认真想过生命之初，这个略为复杂的概念。

当奶奶到了耄耋之年，再无力奔波时，村里的妇女开始到医院里生孩子。在那个简单的年代里，奶奶曾不分昼夜地辛苦，只是一双手，让一个古旧的村庄安心了整整六十多年，无形之中，构建了村庄另一种生命意义上的完整。

村庄仍在向前走着，在村庄前行的线路上，那位白发的老人——不管谁家生孩子，都会随叫随到的我的奶奶，又是多么坚定地擦亮过每一户人家的眼睛。

奶奶九十六岁去世的那一天，整个村庄落泪了。远远近近的村子里也有听到消息赶来的。不知多少老老少少、男男女女，同聚在一个院子里，眼里都噙满了感恩与不舍的泪花。

三

就是在这样的村庄里，每一座山，每一条河，每一棵树，每一棵草，每一朵花，都欢喜地承受着村庄的爱。捧着田野的清风，铸就了村庄的人不可撼动的信仰。

田野的风，把村庄吹绿了，把人心吹活了。人们也慢慢都信了，每个村庄都有上天派来的神灵护佑着。

站在村庄的边沿，村庄在天地之间肃然站立。一个个的村庄格外生动，宛若经年的水墨画，笔道的深深浅浅里，都是爱，都是情。

又一阵风，田野的风，简朴的风。风拂处，又一页新绿。

枫林中的牧羊人

深秋时节，随几位友人走进一座深山，为看辽阔的山谷中火红的枫叶。

天明净得如一汪水，清透极了。有种鱼儿静泊在水中的感觉，怕稍微一挪步，就会搅了这静和澄明。

山不动，水不动，草木不动，云朵也不动，山间层层叠叠的秋色更是一动不动。只用它们内在的质感的美，声声召唤着我们的脚步。抬头环顾，较远处的山腰，显现着一大片的一朵一朵的白，细看，有的还在微微挪动。心下知会，那是正安闲地吃着草的一群山羊。看到这群羊时，眼前这一大幅水墨画一下子变得生动起来。

是来寻红叶的。走的时间不长就见到了山上层层的红叶，与松柏的墨绿有序相间的美。随行的友人和孩子们开始唏嘘和欢呼。感叹此行不虚，想起小时候读到的《香山红叶》，与眼前的红叶暗暗做着对比，竟然有种一度被轻易蒙蔽的感觉，若干年前，曾一直天真地认为，只有香山才有红叶。怎么会那样呢，况且霜早的深山红叶，更艳更红。

简单的想法，简单的兴奋，无法填补这条山谷由来已久的空旷。为探访前方的风景，况且是一条相对宽绰的山路，是无论如何不能停下脚步的。

离羊群更近了。一张张秋风中的牧羊图被收进了手机相册，回身再遥看谷口处的村庄，静默在秋风里，单薄得像风烛残年的老人。深褐色的脸庞布满了忧愁和孤独，和眼前这多情的色彩形成一种反差，一种强烈对比，心久久不能平静。

清新的空气拥着我们，不知不觉到了谷底，然后爬上了并不陡峭的山顶。阳光和秋风在这高处、阔处，意外地惬意相逢，更无拘无束了，孩子一样洒脱地展示着与生俱来的性情。山的另一面是山西省地界，远处的山腰布满不知何年修整出的无数梯田，纹理清晰，是一种记录，也是诉说。那些未收割的庄稼，自自然然，对季节充满敬意。

孩子和友人们往更开阔的远处走去。我坐下来，正巧坐在一小朵紫色山花近旁，不免一喜，人就笑了。天依旧湛蓝，巨大的云朵慢慢移动，高处的风势显得猛烈，顿时吹开了思维。居高临下望着远处的村子，这里离村子并不远，孩子们一定成群结队地在这里追逐嬉闹过，在这里留下了他们的童年或青翠辽阔的记忆。那时的山和树木都不寂寞，会和孩子们一起笑，一起哭，一起等待日落、天黑，一起看春花开绽，一起看秋色布满山野。可此时，任凭时光流转，只有几个贪恋自然的陌生人、两个地质勘探人员和一个牧羊人。

左侧山顶的夕阳直直射下，带着一种温暖的亮色，顺便携来一阵风。霎时，光和影在山谷之间互相拥簇着、跳跃着，变幻成一幅神秘多彩的油画。此时的我们，身处此画，已成了一个个小小的点，若有若无。陶醉在这虚无里，前所未有的满足感浸遍了全身。我们的到来，整个山谷是十分欢喜的，有绕山的回音为证。

一种难以言说的感觉伴着回程，脚步加快了。迎面走来一个男人，问可曾见到一只羊。听到问话，我摇着头，下意识地又回头望了眼刚刚有羊正吃草的那面山坡，羊群已经走离了画面，四下里观望，并没有看到一只走散的羊。同行的友人和孩子们大步走向前了，滞后一些的我，立定一下，再次远望幽静和婉的落日映照下的山谷，清美中便有了一缕看不到摸不着的苍凉之意。

那个男人和朋友说，找不到就不找了，羊应该能自己找到家。又说他的村，说着他的孩子们，一直滔滔不绝地说起来。待我赶上她们，找羊的男人又放慢了步子，开始专注地看着我，是再一次寻找听众的神情。他又开始说，说这里以前有个中学，现在连小学也没有了。以前有个卫生所，现在也没有了。还有三五户人家，也都是老人，就我家有两个小孩，也都在学校读书。我总是教育孩子们，不读书没有出路，要不就等着一个人在这里放羊吧。必须读书，没有别的办法。

他重重说出“一个人”这个词语，惊到了我。他在借儿子描画着自己内心的孤独。他是不是真的想过，他的儿子在不远的将来无奈地代替了他，在这火红的山间，也和他一样一个人放羊的情景。他的这些话，如迅捷的河水一样从胸膛涌流出来，似乎已在心里憋闷了一个世纪，也不为人理解了一个世纪，等终于找到闸门，一泻而下。刹那间，就灌满了整个美艳的山谷。

这个男人看起来并不年轻，等侧面打听他的孩子时，能估算出来，他还比我们小许多。临上车，我读到了他眼神中那些想说、没机会说的话，还有许多许多。同行的友人历来温和热情，从车里拿出雪桃递到他跟前。不，不！给孩子吃！见友的语气是恳切的，一双手这才不好意思接了。这时，我才猛然意识到，这个男子的本意，或许并不是寻羊的。否则，他寻羊的表情不会那么轻描淡写，那么无关紧要。他是看到有人进山来，想说些什么吧。

谁又能说得清，他已经多长时间没见过陌生人、没说过这么多话了。我们初进山时，远远看到的那一群羊，也是他在放着吧。可我们的眼睛里，只有羊，丝毫不在意他的存在。在这深谷，还有谁会在意他的存在呢？

这么好看的枫林枫叶，这么好的山水，在这里买一个房子吧。友人说好呀。等我来玩。试想真要在这里居住，能耐下性子住几天呢？我只能在心里问自己。

羊的咩咩声再次传来时，夕阳正对视着这个小村。多情的阳光把村庄一下子擦亮了。整个依山的小村像穿了新洗好的朴素衣衫，不言不语，文静而安详。

我们这些所谓的外来人，以置身世外的目光打量着这个村子。一圈圈瘦下来的村子，似乎无关我们的痛痒，我们已经蜕变成了村庄的看客。我们不看，又能怎么样？房子破了旧了可以盖，人走了可以回来，树少了可以栽。一个村庄自己形成的信仰，一旦被现实撕开，就会分化，就会无影无踪。

驶出这枫叶正红艳的深谷。出了村子的公路一侧，几棵被肢解的树纵卧路旁。路过的人不在意这些，匆忙远去了。

我们远去了的身后，是一个孤独的牧羊人正满含着期待，痴守着属于他的红艳艳的枫林。在他用失望和希望交织出的眸光中，在他孤独的身影和这片红枫相互映衬出一种现实存在时，从他的身影中剥离出的，是你，也是我，是跋涉在生命途中的每一个人。

香椿树下的时光

阳光或者月光都会透过那棵香椿树的枝丫间，投影在另一面老墙上。这时，过道里就会有斑斑驳驳的影子，一声不响，在时光里静默着。

老屋外的过道有二米多宽，七八米长，因为一面老墙和一棵老香椿树，邻居们就喜欢聚在这里，在香喷喷的时光里诉说着经年的故事。过道边，是那棵站了三十多年的香椿树。每到春天椿芽新生，焦急地等了一年的人，一瞅见枝丫间有了暗红的色泽，就仿佛闻到了椿芽的香味，条件反射般刺激着味觉神经，兴奋地在树下转来转去。对于这几户人家来说，不亚于口喝难耐时遇到甘洌的清泉，也有了如愿吃到香椿拌鲜菠菜的归心美感。

待得他日，香椿叶子慢慢长大，变绿，会遮阳伞一般佑护着在树下歇息的人们。祖房的后墙跟有一长排天然的石座，不远不近地排列着，像时光这条河中的河石，已被来来往往的简单的心，磨细，磨亮，安然度着春秋。

一

当时的香椿树下，相邻的几家人都聚在这里吃饭。一日三餐，一餐不落。当各种不同的粗茶淡饭的味道，在这里以最原始的方式，温和地混在一起，简单粗犷的日子便显得丰富、饱满起来。

不管是刚学走路的，还是略大一些的孩子，每到吃饭的时候，都会兴奋地穿梭在这棵树下，在人群中间来回跑。一边跑来跑去，一边眼巴巴地瞅着各个不同的饭碗。应该是用吃奶的力气思索着，正大口大口嚼着的饭菜，究竟是什么美味？父母们呢，能从眼神儿里瞅见他们的内心，也就顺手往孩子们的小碗里拨一些。

美美地吃上几口的孩子，就再去找，看还有哪个碗里的饭菜，还想吃，想吃就还能吃到。就在这经意或不经意的一瞅一看中，在嘻嘻哈哈里，在众多温和眼神儿的呵护中，多少个孩子就这样长大了，吃着多家的饭菜长大了。

如果是春天，香椿芽的香味还会掉进一个个粗瓷碗里，人们就吃得更香了。

我和母亲混在人群里，把吃完的饭碗往石头上一撂，母亲会让我当众口算一两道加减法，再用小树枝在地上比画着写一两个字。写对的时候，人们不免会夸几句，母亲脸上就盈满了笑；写错的时候，还没等你反应过来，早挨了一顿厉声的训斥。也就是这个时候，不知幼儿园是何物的我在学龄前，日月水火山石土田大小多少等等，第一册《语文》的汉字全会了。还把乘法口诀背得和那棵香椿树一样熟悉了。

昔日穿补丁衣服的小妮子们，早已出落成亭亭玉立、身段俊美的姑娘；浑身泥巴、黑不溜秋的小小子们健壮的骨骼日日拔节，早已玉树临风般挺拔，明朗自信的面容正阳光般灿烂着。

二

曾噘着小嘴，不止一次地埋怨母亲，为什么一天不落地做面片。

我说的所谓面片，就是将面和好后，醒上不长一段时间，用自家的枣木擀面杖，擀成薄薄的一层，然后用刀粗粗地划几下，很轻易地拉成一个个长长的宽条，顺势放进一锅正开着、加好了油盐的菜汤里面，片刻便能煮熟。随后，母亲会边努力吹散着冲到脸上的热气，边将面片连汤带面一碗一碗地盛出来。几乎是每天都吃，时间一长，我便不再喜欢吃面片。以至于每次看到母亲又在拉面片，一准儿会嘟着嘴发牢骚：又是面片，光知道吃面片，我不吃！

所以，在香椿树下看到别人家又细又长的面条，总是暗羡着，那个眼馋啊！只盼着父亲在不忙的时候，给我们做我爱吃的又细又长的面条。那种吃在嘴里的味道，母亲无论如何是做不出来的。

仍旧是在香椿树下，因为面片又和母亲发起了牢骚，隔壁的一位伯伯实在看不下去、听不下去了，当下神情严肃地正对着我："你这丫头，你娘累死累活地管你们，种地，喂猪，喂鸡，做不完家里地里的活儿，能吃饱肚子就不错了，还挑，真不懂事儿！"

几岁的我，一下子惊呆。才知道原来不是母亲的错，做面条和做面片相比较，是要多花好多时间和力气的。又不知多少天后，那种知错了的歉疚心理还在心里团着、纠结着，便不好意思再在人堆里蹦蹦跳跳，大声吆喝。即使偶尔去了，也只是低着头，只管吃碗里的饭菜。深深记得，从那天以后，尽管还是不喜欢吃面片，但是再也没有因为母亲做的是面片而说过一句不中听的话。尽管母亲无暇顾及我每次吃的是面片，还是面汤里的菜。

就在这香椿树下，我才略知了这人世间还有辛苦二字。

可谁能想到，几十年后的今天，那些旧时光日复一日灌溉过的味蕾，在无力的抗拒中，已经完全接纳了曾极力排斥的味道。一次次寻找，一次次回味，总是尽最大心力去复原那种只有胃才能识别出的味道。我不停地模仿着母亲，做豆角土豆汤的面片，西葫芦汤的面片等等，一次又一次尝试，总渴盼着有朝一日能做出和母亲的面片一模一样的味道来。

这就是时光的魔力。

三

老老少少聚在香椿树下海聊时，布谷鸟的叫声是人们最想听到的声音。盛夏的一阵骤雨过后，或者午休过后，在没往地里去之前，人们会偷闲、约好似的聚在这棵香椿树的浓荫之下，或站或坐在石头上。几个老人眯缝着眼，是传授心中久藏的秘诀一样的神态，慢条斯理地说天气如何如何，还会用肯定的口气郑重其事地说，根据天象，还会有什么样的天气出现。说雨后的彩虹可要看仔细了。如果黄色最亮，今年就会丰收玉米、谷子。若红色最亮，就会丰收红豆、红山药，等等。每听到老人们说这些话，我总在心里使劲想，到底是哪个神仙在暗中操作着这一切？彩虹的颜色是用粮食的颜色提前染成的吗？

他们齐声讨论着，谁谁家的小麦产量最高，哪个品种的玉米种子最高产，玉米穗结得大、玉米粒大。一位丰收了的人会底气十足地用力说着经验，说还有一样，不能种得太稠了。庄稼见阳光多了才能高产。还有人问，下的山药秧烂了根，怎么办？土豆块埋多深，才好出苗？一见到有老人们在场，你一句我一句就问个不停。谁不想侍弄一年的庄稼，有个好收成？

没人不信老人们的话，都信。也许从那个时候起，我开始把所遇到的每一位老人，都当成了读不透的书，淘不尽的智慧库。一阵微风吹来，听得心满意足的人都感觉到了。走！干活儿去了！嘭嘭几声响，再磕几下农具上沾着的泥土。一眨眼工夫，香椿树下就只有树的影子在微微摆动，慢摇着泥香的时光。

这时，歇好了晌的女人们带着孩子来了。这一群老少媳妇们眼不闲，嘴不闲，手更不闲。她们眼里不时扫射着正玩耍的孩子们，嘴里不停止你一句我一句唠着，一手握着鞋底，另一手用改锥缠几圈线绳，夸张地用力抻着，直到长得不能再长。偶尔抻不过去的时候，她们会自嘲地说：哈哈，懒汉和软面，懒老婆纫长线，看看又憋住了啊。性子缓的会慢慢地抻着，抻着抻着也就过去了。性子急的，就干脆抻断，再接。她们互相之间不停地嘻嘻哈哈着，还会说谁家的老人要不行了，快要去帮忙了；谁家的儿子要娶亲了，又能喝上喜酒了；谁家的媳妇生孩子了，去买红皮鸡蛋，看那胖小子去。

他们牢牢地记着上辈人传下的“正月十五雪打灯，八月十五云遮月”的天气现象；记着“牛马年，多种田”“谷雨过后，种瓜点豆”；记着“地冻山响，山药萝卜正长”的真理。记着“拿人的手短，吃人的嘴软”等诸如此类，关于风土人情、乡规民约、吃饱肚子等相关的一切。也许就是在这棵香椿树下，完成了一代又一代庄稼人最完整、最有效的心灵递接。

香椿树下的时光滋养了我，也让一个村庄青翠、茁壮。那些简单、纯粹的欢乐时光远去了。永远不会再有了。一个完整的世界长驻在心间，在精神的长河里，舞动着它不灭的光芒。

时间里的美

从眼前阔达的准公园正门，迈脚进去，守门的老人斜着眼，防着什么的表情瞅着我说：早点出来！不能太晚了！

哦，好的，知道了。我微笑，冲他点了点头。按理说可以走开了，也急着向公园深处奔去。是春天呀，白的黄的红的玉兰，正开着呢。可老人没有让我走的意思，天色虽暗，他的目光亮晶晶地闪着，还想再说点什么吧？牢骚或者叮嘱？一定也是关于公园的，我必须听下去。

果然，他有话要说：你看看城里这些上班的，根本不如我们村里人有教养，你看看……他微微仰头，指给我看，正前方一辆轿车的红色尾灯越来越远了。你说，喝多了的，我不让进，人家说什么也得进来。你能怎么着？就这素质！就这素质！还有一个女的，说什么白天街上执法，晚上到公园里，就得骑车进来。不让进也得进。什么工作人员？根本不如一个老百姓。我们村的老百姓比这些上班的都强！我听他抱怨完，又长出了一口气，这才撒开腿往前走。

常走的临时路，尘土像暴晒过的面粉，我只好扑腾扑腾往前挪着。我知道这些土的来历，也听到了许多关于这些黄土的话。有的说，好好的地不让种了，搞什么工业园区。等着看吧，一场大水把土都冲了，看他们怎么办？还有的说，早该好好建个公园了，这么大一个县竟然没有公园。建吧，建好就是给老百姓谋了福了。各种色彩的话如移栽到公园里的纷繁花木，层层叠叠。

是为看玉兰花而来的。新开的玉兰颜色不一，有透净的纯白、娴静的米黄、微笑的紫红，正一朵朵端立枝头。只一眼，心中的春天就随之盛开了，如这玉兰一样饱满。迎面走来一位母亲，一手牵幼子，一手指着花对孩子说：这些花，只能看，不能掐。它会疼的。孩子听着妈妈的话，点着头。在玉兰树的尽头，我却遇上一个十二三岁的姑娘，正捏着一朵白玉兰，先是低头嗅了嗅，然后捏花的手随意一仰，一朵饱满的白就被弃在了地上。

花朵落地时的声音很大，是春天被摔碎在地的巨响。恍惚之间，定神再看，小姑娘早已不见了影儿。只有一朵离枝的白玉兰，斜躺在地，继续向路过的人诉说着，春天来了。

从封闭严紧的玻璃窗硬挤进来的，是极易分辨的重负荷的嗡嗡声。想看一眼外面时，不小心会碰到玻璃。再往外看，是一车又一车的树木，被许多人递着、接着、忙活着。就这样不知多久，沿河两岸修整过的纵横驰骋的石滩地，顿时有了精神，有了活力，变成了可生可长的美好向往。

最想知道公园里会栽些什么花，什么树。几乎一天一趟。晚饭后，我会换上沾了土的鞋再次走进。渐渐地和看门的老人熟了，他警惕的目光已经完全替换成了热情的招呼声。我请教他，开得最艳的如桃花红的那一大片，是什么花？他说可能是樱花。可能是。最后多次查证是碧桃。就在那片碧桃树的旁边，草皮未能完全覆盖的地上，一场稀稀疏疏的小雨之后，出现了几道深沟。泥土顺着沟流进了河道。也就是这场雨，在这些真实的泥土之上，汹涌地冒出了太多的田间野草。有马齿苋、苦草、狗尾巴草等。我心里惊喜：多么熟识的身影！多么熟悉的面孔！是把丰富的田野搬到眼前了吧。这些杂草和人工种植的植被一起，没几天，就绿茵茵翠生生了。

春天要走过时，公园快完工了。

公园里的草坪、花木、甬路，在视野里多情地铺展出一种阔达的气势。

那些在操场走圈的人，来到公园；窝在家里不出门的老人，来到公园。公园里人多起来，骑电动车的、遛狗的等，大人孩子也多起来。公园里头一次热闹非凡。

眼见一些花呀草呀，也就随之不安生了。

公园的管理团队来了。

说实话，小城里的人没见过这么大的公园。如果追溯到几十年前，人们并不渴望公园。只要你随便往哪个地边一坐，就能看见路边的野花正没完没了地开。再往哪个坡头一站，眼睛就会闪闪发亮，望不穿的山披着厚实的植被，早被夏天涂染到绿得不能再绿了。微风轻拂间，血流畅通，神清气爽。顺着时间的甬路再往前想，每一座山谷都有清清不绝的河水，每一条河都是鱼虾的世界。笨拙的元鱼到处都是，会沿着河边爬来爬去，连人都不怕。试着想一想，在这样的山水之间，人们还会向往公园吗？

可如今不同了。许多人搬到城里来了，一是为了孩子上学，二是为了老人就医。村子里人少了，有的学校老师比学生还多。城里的人越来越多，是要想办法锻炼身体的。阔大的公园建好了。该是多好的事啊！

新建的公园小部分是曾经的河道。因 1963 年的一场洪水，人们印象更深了。刚开始建的时候，打的是石基，石基上用粗铁网加以固定、收拢。我曾在敞亮的石滩上走来走去，边看人们干活，边幻想着公园的美。

公园真的建好了。

散步的时候，人们也把各自的想法全部抖落了出来。这个说，这公园建得不行，再发水就冲光了。那个说，建好了就先用着，冲了再说。这个说，你倒说得轻松，又不花你的钱。那个说，花你的了？你这么操心！总之，所有针对公园的正常指向，大致有两种：一种怕公园因水毁坏；一种事不关己，高高挂起。如果有第三种大概是这样的，好与不好和他没关系，不管对否总要说上几句，才显得有参与精神，有见识。

就是这个夏天，多年未见的一场大洪水，真的来了。

子夜时分，我坐在阳台上看水，凶猛的水头一来，对面河边新建的简易工房就漂了起来，晃晃悠悠，随波流走了。

确实是多年未见，据说是十年以来最大的一次洪水。

第二天洪水一过，县城的人再见面时，是兴奋，是怀疑，是期待，各种复杂的心情聚在一起，谈论最多的是经住了考验的公园。一时间，关于公园的一切成了最重最敏感的话题。

不愿留在沸腾的人群，我漫步到公园的最下角，要亲自看看那些被水冲过的现实。

上中游都是高筑的堤坝，最下游末了的河道周边，和敞开的手掌一样低平。那些低于指骨部位的花草，都被冲走了。可是，当我站在大桥边四面观望，才意识到公园设计者们无比的智慧。那些植物被冲走的地段，是无论如何不能把堤坝加高的。我用我并不高明的头脑想明白了，那是用来缓冲上游水位的，是为了大局准备随时牺牲的部分。从长远来看，真正体现出了设计者的智慧。

当现实把某种事物推到风口浪尖，我们会在较长的时间内认真关注它。我们眼前的公园，也是如此。各种说辞一齐扑向新生的公园时，这些纷杂的话就超过了一场洪水的力度，在整个小城之间摇摆着，久久回荡。

公园里的花有着绝对自由的精神，开得更鲜艳更有力。来游览的人更多了。从樱花到碧桃、珍珠梅、榆叶梅，再到各色月季等，当夏天过去的时候，除了各色花儿依然热烈着，其他都静下来了。

人们再见面时，开始商量，什么时候一起去公园转转呢，去看看花。还约上谁？还设想着不远的将来，再过几年，这些柔美的柳树再粗大些，从春天的金柳扶风到夏日的群花绚烂，那该是什么风景，该是什么生活。整个县城，因为一个大公园，多么见品位！

而今的清晨或者傍晚，你会看到在公园里锻炼身体的人络绎不绝，或甜蜜的一家，或三三两两的朋友们，向着公园的深处走去。返回来时，他们的脸红润润的，是新鲜的空气浣洗过的色泽，是寻到心安之处的宁静。

关于公园的话题，在顺承某种事物的时候，再一次发生了逆转。人们说，现在有了公厕，有了书亭，再多几个长椅子就好了。若再多上几个石座，不怕风吹日晒的，还会别有一番风情吧。

从抽象思维开始的话题，每一种事物都在矛盾中，坚定地成长。在亲身经历、听到关于公园的种种时，我曾坐在公园的石座上，看着蒹葭丛生的河中央。因为橡胶坝的作用河水高涨起来。同时，不停流淌着的沙河水，并没有因此减少。它的神态依旧、速度依旧，在晨阳的映射下，河水中是一片红彤彤的生命的靓影。

呈现在时间里，那是一种绝对的美。

蛰居在春天的梢头

我来了。我这就来了。

“你看云时很近。”也在说着眼下吧。暂时从现实中逃出来，没有什么能比亲近自然更惬意、更易生出畅达平缓的美好情感。为让心沿着昨日的宁静，一路行走，决定在这个所谓的假期里，默默地用心对话山水。好让山之沉稳，水之顺达，疏理一下凡心。于是，近黄昏时分出发，携子走进了陌生而美好的、酷似生养过我的真实乡间。爱人开车送着我们，到达执意要来地之后，驱车回返。而我，就暂且蛰居在了春天的梢头。

爬山虎

一个衣着素朴、清清爽爽的女子，迈着轻盈的步子，走在我们前面。我更在意的是，她领我和儿子走进的是一个春意正浓、会诱人深呼吸的院子。成直角的院中小路，用水泥铺得平整明亮，并刻意划下简明的纹理，展示着它饱满的热情。穿过齐聚着各种蔬菜的小院，走进了一间屋内。

门开了。一把钥匙为我开启了一日的新生活。小屋呢，给人最初的印象是规整和简洁。正对门一张黑色大理石方桌，桌旁是电视机，被漆染成枣红色的门窗，两把色泽和样式都较雅致的椅子中间是翠绿色的梅形茶几，一张双人床。床后的墙体和后窗是淡紫色的纱帘，轻遮幔垂。

走过这些，套间里，便是用木质精装修而成的温泉浴的房间。

晚饭过后，夜色已浓极。透过窗子，只能看到窗外对面斑驳的山树的廓影，高高低低，肥肥瘦瘦，一动不动。伫在这夜里，倒觉平生出几分庄重。

次日，阳光探头进来时，我斜倚在床头望窗外，山像坐落在楼顶，山上的柏树直立在山间，是入春的风姿。朝近处看，竟发现了令人动心的景致。这景致就是小屋的窗。

窗是普通的。可窗外因为有了爬山虎的装扮，就不普通了。爬山虎的许多叶子啊，就组成了窗的花形边框。风轻吹，那花边丝丝微微地生出动感。再透过阳光细看，成熟些的叶子鲜绿得透着亮，初生的嫩叶子亦正泛着富含生命力的铁锈红，在阳光下伸展着。我看到的所有的叶子，正舒畅地运行着血脉，面对太阳在进行着一轮又一轮的光合作用。而后，那些新生成的氧气，便从叶间飘逸而出，紧接着，顺着完全敞开的窗口，一股一股地流了进来，让人忘情地呼吸，忘情地接纳着它对身体的美好营养。

心安静下来了。不再想奶奶的胃、母亲的腰，不再惦念婆婆的胆囊、公公的血压、姐姐的泪水。什么重要的工作指标，什么锅碗瓢盆，什么茄子葱姜，都从眼前挪移了。一切都一下子从心上抖落了。

此时的自己，已幻化成窗口的一株倔强的爬山虎，安静、明亮，在阳光里，在微风中，轻舞着春天的音符。

鸟　鸣

“花尚铺一段好色，鸟且啭几句好音。”因了窗外不歇的鸟鸣及时美好的提醒，五点半的闹铃未响之前，温和的梦先醒了。未起身，先支起耳朵听着。听这声音的清脆甜润，听这天籁之音响彻天空、透彻心灵的无遮无蔽。时间不长，更认定这一阵阵鸟鸣，定是先在空中欢快地集结，待到无穷多时，因了天空的不堪重负，便不小心从打开的窗里倒跌进了屋内。这些清音落地时的清脆，就似抓在手里的一把熟透的红豆，撂到了青花瓷盘里，叮叮当当，花开似的跳跃着、舞着，舞出春的脸谱、春的心跳，极自然地点中了最敏感的神经，震醒了我。

身边的儿子正酣睡，轻轻地叫醒他。

在众鸟齐唱的清晨，我们一前一后出了院门，左拐，走入一条明晃晃的水泥铺就的乡间路上。真的好似听到了比几十年前集合起来还要多的鸟鸣。乡间小路两侧的鸟鸣仍未减少，分散着，左右平行着，伴着路上相约早春的我们。

真不知身置何处了。没有骄横的汽笛声，没有街道中的喧嚣，没有人来人往的障眼。只有绿，鸟鸣，溪水。或者最让心平静的是，你根本不用在意，脚的下一步该如何迈出？如何走向？这纷纷繁繁的鸟叫，就是在告诉着你：我们都在这里。你也不用怕，和我们一起歌唱吧！

究竟在哪里曾听到这么多的鸟鸣声呢？真的恍如隔世。或许是在根本不懂得用心倾听的岁月里吧，还是在海拔千米以上的原始森林中？或者是在通往庄稼地里的羊肠小路上？

而今，听到这多种鸟儿的和鸣，真想让双臂无限延伸，竭力张开，将这种声音，全部带走。

晨　路

走在一条小路上，一条打着柔软的弯的小路上。我的眼睛，几乎没有离开那条路一眼。

路的右边是逶迤的山峦。山上是未发芽的枣树，是新生出几粒嫩芽的刺槐。山上的草还在和季节斗着性子，或是固执地在等一场春雨吧。

路的左边的土地像是不规则的豆腐块儿，高高低低，大大小小。地边，间有几株桃花，或开，或艳，点缀在两山之间的正肆意弥漫着的绿中，一缕缕温和的性情便坦陈在天底下、明亮在众绿丛中。左边是一条溪流，再往左又是未披绿的春山。现在明白了吧，我们的人，其实就在两山之间穿行。至于说，左边的山与右边的山有什么不同，那就是哪边的山离路较近一些，哪边有欢腾的溪水，哪边早晨的阳光来得更早。

两棵杨树，足有十几米高的两棵杨树，在河滩中竭力生长。需要说明的是它生长的姿势由于弯曲过度，几近匍匐，将要覆笼住全部的小路不说，还在弯着要爬延到山顶的姿势。在我心里，这种弯曲至此的生长，更是一种无法形容的力量，想起读过的一本书中说的，树木是有性格的。

为什么这两棵树会长成这样？光。读高中的儿子不再屑于回答这“小儿科”的问题，只轻吐了一个字。

如果给这棵树的生长现状下个定义，应该如何说？

追逐？或向往？

我相信儿子能理解。

路两侧，低头，在春天苏醒了的土地上，更是丰富有加。我看到了许多种久违了的一棵一棵的野草。

不，应该是一朵一朵。

紫丁香、灯草、车前草、苦菜、荠菜、茵陈……

紫的、黄的、白的……

看这些草儿依躺在春天暖软的土地上，一朵一朵的，在黄土地上镶嵌成一种无华的美好时，思绪竟一下子飞到了北戴河的海边。在海边，曾遇到一个身着长裙的女子，我要说的是这女子的裙中之花，这裙中的花型太熟悉了，大红的花，大绿的叶。是一直陪着我的粗布被面中的红牡丹。

我再一次见证了大俗即大雅的道理。此刻，我眼前这一朵一朵开在大地上的素花，就与开在裙中的牡丹巧妙地叠韵在了一起，和着再一次涌到眼前的大海波涛、写意出了最平实的生命张力，随季节轻漾出一种动感的美。

收拢思绪，仍在想着，想着。不一会儿，一个一手挎着篮子扎两条长辫子的小女孩儿，就从对面含羞带笑，欢快地奔了过来。只见她，一弯腰，一举手，一投掷，一朵草儿便入得篮中。

好一幅油画般的景致。

眼前，几缕春色更加饱满着，实实诱人继续前往。心中久滞的惆怅，瞬间被这几笔鲜明的春色挤对而退。再有的，是很快被填满胸的希望，就在这春光中，面向我，走近我。

越来越近，那个着花衣、扎两根长辫子的小姑娘，也更加清晰地走向了我。她站在我对面，伴着春天的脚步。我们互相看着，互相笑了一笑，之后，眼见她，转了身，走向了另一个新天地……

遇

我提出，每餐都把饭菜放在院中的白色大理石桌上吃。儿子的脸上，明显闪过一丝讶异。

全家人聚一起在院儿里吃饭，于我，似乎是跨越了几个世纪的事情了；于儿子，则属于一种陌生的事物。对面的石桌上，亦有一对远道而来的夫妻，也这样面对面吃着，还说在院子里吃饭，真好。许是因了吃饭的餐桌与环境的不同，或是吃的是一位灵巧女子做的又白又暄的手工大馒头。这几餐，儿子吃得格外香甜，心情也出奇的平静，青春期的桀骜不驯似乎一下子远离了他的身躯，飞走了。

早饭毕，提议晒晒被子。把被子晒在小园边的晒绳上，就看到阳光在一寸一寸地膨胀着棉被的纹理，心也跟着一鼓一鼓地暖和起来。不止我，许多客人在晒被子，是单纯因为被子潮气过重了吗？最起码我不是。当久久被囚困在单元楼里的心，能在暖烘烘的太阳下，在院子里晒棉被，简直是奢侈极了。是为了晒一种情结，或是为了能勾起一种属于自己的精神支撑呢！

晾晒着的被子旁，是我所乐道的菜地。

翠青的菠菜在太阳下泛着光，已经被来自各方的客人们品掉了大半。由我们到来时的一大畦，只剩下眼前的几个半垄了。韭菜，一种割不断血脉的植物，正艳着，丛丛簇簇地长着，像不像一群群黑头发黄皮肤的中国人呢。田埂上一团团的红萝卜生得高出了地面，青绿的叶下，能瞅见那一团团的玫瑰红，光华尽现，极惹人眼。大概，即便不能在目光之上和成一片春色，那么就在地面之下，成就春之蕊心吧！红萝卜的近旁，一片片的地膜下面，有新破土的黄瓜的嫩叶，还有已长出几片叶子的四月鲜。油绿的莴苣，碧青的油菜，挤挤挨挨，贴近着白色的地膜，齐聚在这方方正正的园里。除了伸展十足的春意之外，那个来自内蒙古的老人，那位来自北京中国医学科学院的医学教授，还有许多不知来自哪里的一个个游客，想必都尝到了春日的鲜翠，感受到了生命进程中的和暖了吧。

白色的大理石桌上，拉斯科尔尼科夫的心阴阴沉沉，摇摆不定。我的思绪也随他左右奔行着，一时找不到出路。待到天色渐渐地暗下去，书上的字不再清晰时，并不想回到小屋里，只是轻轻地合上了书。此时，两对从不同方向而来的夫妻遛弯儿回来了，在另一张石桌边面对面坐下。才一会儿工夫，如故交旧友般说得一片红火。

“我父亲是1938年入伍的，本应该安眠于省会的烈士陵园，却执意不肯，在临终前几个月非得回到老家易县。我也想家，想老家的时候，越到老家近的时候车开得越快，慢不下来。”

老家好啊！

天蓝，那云，一大朵一大朵的，市里没星星也没云，整日雾茫茫的。

天上的星星个儿也大！

一对夫妻就这样一唱一和的，与另外一对夫妻说着工作，说着家乡，说着想说的众多话题。

说到最后，竟看见他们在互留着电话。

人与人之间的感情啊！有时，就是星光下的一场谈话，就是一起走过的一座石桥，一旦遇上，就可能胜过多年的相识。

不知过了多久，两对夫妻的对话渐缓，怕夜凉回屋了。肃静的小院里，剩下一个我。

那就独享一下吧！

小院是自己的。小院里的黑夜是自己的。院里的各种蔬菜也是自己的。天上的星光，也和自己轻言慢语地说着心里话。说着说着，就说到了遥远的过去、现在和未来。

走　过

不记得哪年，儿子曾和我们开玩笑，说全家只有他是城里人。

我在想这句话，我在想当下。若干年前，我们一路追逐着，从乡下走到城里；现在，又从城里一刻都不想待地来到了乡下。有多少人如我们一样，又是为了什么，来来回回，寻寻觅觅……

我不知道。

我只知道和我们的祖先一样，活着，就是要一直不停地行走，行走。曾经，我脚下这块被无数生命，从头到脚滋养过的土地上，不知来过多少的将士。留下名姓的很多，没留下名姓的更多，一如这从山间直溢出的温泉水，是注入灵魂深处的汩汩不歇的脉动，富有、平和、宁静地站在了生命的高处。

开国的将士们曾在这里驻足思索，得到泉水的滋润。当地老百姓们世世代代在这里，干渴的心灵得到泉水的慰藉。这温泉水，和大地一样的纯朴素美，默然静在，无声无息。驻足其间的我们，在春天多情地提振着凡心时，可以远眺以往的工作和生活，并在这逃离一样的精神休歇中，细细地感受与生俱来的“大”与力量，感受人类行走时的疼痛与知足，以寻到平凡生命的基点。

祖祖辈辈，在山川与河流中行走，在几千年的西风古道中行走，穿过繁华，历经瑟缩，直到走出一种从苦难中诞生的温情与茁壮来，走出一种栉沐过风雨的平静与执着来。可谓走过。

身处自然，温泉水润滑过灵魂，心愈静，归心的静。

倾听土地

似乎关于土地的一切，都已是捕捉不到的记忆断面了。刻镂在生命中，并与生命辉映了多年，缓缓燃亮生命底色的秋色图景，不知何时，已渐行渐远，叫人觉得抽空了精髓一般的茫然失落。真如一个找不到家的孩子，不知所措的心灵，只得向着远方，向着四周，探寻般地来回踱步。哪怕挪移而至的情感，亦要借以慰藉飘游无依的今秋了。

家乡明晃晃地坚硬起来，不再是往日曲线起伏、音韵和柔的家乡了。现代文明貌似一个急性子的鲁莽男人，一天天切割着村庄的土地，盲目规划着村庄的信仰，更叫心不得宁的是，眼睛里有限存在着的庄稼，已经不再守节侍礼地握持着四季的分明，而是任由匆匆的脚步，把季节一点一点地揉搓得再也没有了韧性。

夕阳是目睹村庄悲喜的最忠实的记录者和沉默者。为了寻找秋天，在我裹挟着全部希望抵达华北平原那一方旷野的时候，夕阳正好端详着立在地头上，微醺的脸色中溢出的热情，一如几千年前走来时一样，令人着迷。此时的土地呢，更是悄然无言，只是在伸展或是翻卷着，独属于它的精气神儿。或许大地，或许无可比拟的大地所在乎的，从来只是受孕与分娩吧。

这里所有的农家院子里，都正堆积着大大小小的玉米山。我明白，这是土地对人类的又一次深情眷顾。因为久离土地，脚步和身形都逐渐笨拙起来，只有抵挡不住的喜悦情怀，激流一样，猛然扑向了这院子、这土地金色的产儿。刹那间接通了与土地的血流一样，空洞了多年的神经突然兴奋难耐，不顾会不会摔跤，几步就踏了上去，东扭一下，西扭一下，干脆坐在了上头。

一堆玉米，一家一堆的玉米，轻而易举地就把整个季节填满了。闪念间，眼前的这些待剥皮的巨多的玉米，不是会让胳膊腿疼酸的劳作对象了，而是做了为我组合心灵缺失的必需物件。因为这个想法，我突然间感到羞愧起来。

也曾经无数次因为干农活，累到直不起腰，累到无力挥动一下胳膊，会毫无选择地坐在随身的农具柄上，什么铁锹柄、镢柄等等。再就是随便坐在地边半黄不绿的草地上、庄稼秸上。总之，只要一挨近地面，一旦接受到土地足够的抚慰，顷刻之间，那些累、那些酸疼，就会随着土地的豁达，飞腾而去。几分钟内，就会还原一个新我，再次投入到与土地的亲密相触中。

于是，决心要在这些玉米堆中，用一种特殊的方式与土地进行一场深情对话。稍一低头，右手早已拿起一个玉米放入左手，随着右手拇指食指的相互作用，在玉米的顶端稍微用力，便将玉米或厚或薄的白色衣衫划为两半，随即左右手分工合作，“哧”“哧”两声，金色的玉米就真的笑起来了。

众多的手指匆忙间，玉米的笑脸多起来，多得再也数不清。院子里的白与黄相间存在着，不到半天工夫，我的手指和胳膊已不再是先前那般灵活了，它们开始慢慢地向我诉说不适，开始抗议。腰椎和颈椎也渐渐僵硬起来，这时再看剥了又剥，仍不见有希望剥完的成堆的玉米，还有两只手相互摩擦时的疼痛感，让心暗暗滋生出怠惰的想法，继而，又从侧支里生出了一丝对土地的恨意来。

是极明白这些玉米能卖多少钱的，也能轻易核算出这些玉米从播种期到收获期，所要付出的成本是不菲的。所以我的恨的来由，不单单是因为筋骨的劳累，还因为这些玉米廉价的原因。姑姑更累，实在坚持不了时，一伸腰便斜躺在了玉米堆上，对着天空长长地大声叹气：不种吧，这么好的地；种吧，累死个人，能卖几个钱。调皮的孩子没见过一个农家妇女，会劳累得躺在地上的模样，呵呵笑着，用手机拍起照片。为了配合孩子，姑姑一手挑了一个金色的大玉米，向着天空举起来，脸冲着孩子，挤出一大波的笑。这是孩子拍下的一个镜头，也是我极不愿正视的一个镜头。

唉，真累。家家的女人在这个时候都这样累？

累？呵呵，还有累死累活不说，还常常挨男人打骂受气的呢。刚才你看见从门口过去倒玉米叶子那个女的，有时一边干活还一边挨打。这村子里挨打受气的还不止她一个。

为什么不离婚？

两个孩子，离婚？挨了三十多年了。

我早些年就认识她们。

不敢去想象。为了接近并延续久远的记忆，为了看看姑姑说的话有没有浮在表面的成分，我借找孩子的时机走进了他们的家门。一家人都在剥玉米，见到我都热情地打招呼，拿了板凳招呼我坐。之后，便又开始一个接一个地剥着玉米，一刻也不肯闲。我呢，顺势就坐在了这家的玉米堆的中心。正坐在对面的，姑姑嘴里提到的男人已不是当年了。他在认真地剥着玉米，眉眼间完整地记录着他一直和土地相依相生的岁月。女人呢，用一种比面孔还要稳静白皙的语调，和我漫说着家长里短。他们的二女儿是我早些年熟悉的，招了上门女婿，也有了两个孩子，从女儿到母亲，我注意到她此刻的眉眼之间，镶着许多她母亲当年的神情。只是我在她的一举一动中感触到了许多，比她的母亲更强大更有力的东西。是土地在一年又一年的翻新时暗暗赋予她的吧。这是不是就是姑姑所说的，这家的这个二丫头能镇住她爸爸的原因，我不得而知。

突然之间，我感觉这也许是土地的精神内核中、所孕育的一种绝妙的希望所在。土地把一对对青年男女牢牢地拴在地里，叫他们在甜蜜的日子里生养了几个儿女，还偷偷地把一种叫作责任的东西，用广阔而又神秘的方式附着在了他们的肉体和灵魂之中，附着在这土地之上，一任风雨变换，始终不弃。所以，自然而然土地也就顺带着有了能把一家人轻松地聚拢到同一块土地上，聚拢在同一个院子里，做同一件事情的特异功能。若不是这麦收或秋收的季节，是不是还会有那样的场景，或者就真有那么一个女人泪眼婆娑着，男人喝了小酒带着醉意，又开始神经错乱似的谩骂着，骂着骂着或许就又动上手了。女人呢，大气也不敢出，只是仓皇地躲避着男人的无理和蛮力，直到有邻里来劝架，胆子才会突然大起来，才敢回口和不知厚薄的男人对骂上几句。

一种能粉碎玉米秸秆、能把土地翻新的机器在土地上弓背劳作着，机器的后面一个男人开着三轮车从地头开始行驶，看它慢慢腾腾的样子就知道是在等待着什么，站在车厢里的女人正一手端着一小盆儿化肥，一手一抓又一扬地和男人那么默契地合作着，为了土地下一轮的播种做着积极的准备。另一块土地上，一个男人正和一个女人合作着往车上装玉米。从那娴熟的动作来看，一定不知这样配合了多少年才会有这样的效果。我在想，这时候的土地也许是最开心最多情的时候吧。这个时候的男人不会偷懒，不会贪杯，更不会打骂女人，包括大大小小的孩子，到了周末，也会到田间帮忙。女人们呢，也忘记了在农闲时候所受到的男人的坏脾气，还会在这个时候，手脚麻利地多做几个好菜，犒劳一下忙到腰酸背疼也不喊不叫的男人们。

真的是这样。土地什么都不说，又什么都说过了。

我的手指越来越疼，所以坐在玉米堆里剥玉米的时间越来越少，少到不能抵得上我九十多岁的老祖母了。大多时间，她的思维是清晰的，每当我坐在玉米堆前，在她认为时间长了时，她就非常敏感地反复叮嘱我，回屋歇一会儿去。

歇一会儿吧，歇一会儿吧，你干不惯。

我真的干不惯了吗？

几个女人来帮忙剥玉米了。这是我意想不到的。来的几个女人都是本村的，用姑姑的话说，是平常你帮我我帮你帮出来的，也是人缘走出来的。她们剥完了自家的玉米，便来帮忙了。整整一个上午，她们坐在院子里不紧不慢地剥着。剥好一个，又拿一个，一个个玉米便在她们手里得以重生一样，鲜亮起来。

她们双手不停，嘴巴也不停，说着说着就说到了土地。我本想有目的地打探一下，她们对于土地的认识和依赖程度。可没等我开口，她们就说上了。她们说，听说几年后土地要合并承包给几个有钱的人，一亩地给多少斤的粮食，如果是那样，可真不能干，一定不能依着他们。一个自信地说，不会那样的。如果真是那样，那再生下来的孩子吃啥呢？肯定不是真的。另一个说，都这么说，应该是真的吧。要是真到那一天，就说咱们的地都已经卖出去了。卖给谁了？她们环顾着四周，哈哈，卖给你了。听出来了，在说我，我连忙接着话茬儿说，行行，我给你们证明地卖了。

对，不能没有地呀。对，不能没有地。我能理解，这也许是一个村庄所有的农民异口同声说出来的一句话。

累是累，对于我，也是同样地离不开土地。这个时候，我感觉和眼前这几个手一刻不停歇的女人身体上的味道，发生了奇妙的流动和吻合。她们为了活着，不得不与土地永远地亲密无间，相亲相爱。土地用自己的方式自己的语言，传递给人一种真正活着的存在感。

我沉默了。又似乎在无意间探到了，关于土地和生命之间的前所未闻过的秘密：在心脏起搏的间隙中，有一种共振是真正来自土地的。

怎么这里的地这么大？怎么这里有这么多的玉米？在一个孩子眼里，对眼前的一切有着太多的疑问。我一时也找不到解释的方式，在土地的共性所构建的通往生命的秘密通道中，与土地的大与小区别不大。只与土地本身有关。

我常常想，如果没有经历过和土地的这种忘我的恋情，没有把生命沉重而又轻飘飘地托付给土地的生命体验，那么你对土地的情感总是感性的，是外在的，当面对土地的真实性情的时候，你的感情是不堪一击的。

土地的表面残剩着为数不多的庄稼叶子，干巴巴的，经风一吹，会哗哗地响着，飘着。或者这些微不足道的声音，才是真正属于土地的声音吧。若隐若现地，把千年以上的关乎土地的情和理，都轻轻地吟唱了出来。也把祖先们渗进血脉里的对土地的依赖和信任，统统告诉了他的子子孙孙。不管你是否听得懂，它们总是在诉说。

没剥皮的玉米堆依然巨大。不想再剥时，指间的疼痛已被我心理上的排斥无边夸大，心也与这玉米堆越走越远。第一次从心理上做了土地的逃兵。所以，不得不重新认识自己，我开始钦佩我眼前所有不紧不慢地剥玉米的女人们；开始寻思那个三十多年来每日手脚不停劳作却得不到男人一丝尊重的女人，为什么那么安静；开始思索一个人要准确无误地，认识生命、理解生命，是不是必须要认真地上好土地这一课。

和所见到的许许多多的村庄一样，这个村子里的年轻人也多外出做工，飘散在大大小小的城市一隅，也都完全不会顾及胳膊腿的过度劳损和饭菜的简单粗劣，好挣些零用，或者要为渐渐长大的儿子积攒一些钱，盖几间新房。因为这些是土地无法给予的。为此，他们要离开土地，在外劳累许多年。等积攒到能有力量将旧房翻新一下的那一天，或者实在干不动了，他们又会或兴奋或疲惫地回到家里，走到自家的地里，一动不动地站上几个时辰，认认真真地一棵挨一棵地抚摸庄稼。这个时候，他们结束了漂泊，会感知到土地才是他们最大的主心骨，是永远不会抛弃他们的最强力的依靠。还有因工致残的，会回到家。不管钱挣得够不够，人先成了家庭的负担。有能干轻一点的活儿，生活能自理的；还有的根本再也不能干活了。他们生命的后半部分，也就成了未知数。更有干活时出意外的人，也会回到家，回到土地上，永远住在庄稼之间。

姑姑结婚时没有新房。二十多年后房子实在破旧，成了危房，不得不翻新了一次。从此，也欠下了把所有的土地加在一起都无法还清的债务。也就有了一个女人在城市的楼顶，日复一日推运水泥的坚硬场面。烈日是坚硬的，比烈日坚硬的，是她一年干到头五千元的工资，被工头扣掉了二千元。更坚硬的，是她扬着眉说这些话时、占了大便宜似的庆幸语调和表情。她说：别人扣得更多，她这，还算少的。

数不清多少年，更数不清她辗转了多少个城市，终于有一天，她还清了债，重新回到家，重新站到了自家的地里。可以想象，一块块土地究竟给了她什么呢？可转念一想，土地能给她的已足够多。在她一次次离家、离开土地外出打工，不知道能不能挣到钱的时候，在她不知道哪座城市的工头会克扣工钱的时候，她知道家里的土地会在收获季节，一次次地永远虔诚地等着她，盼着她归来。这个时候，也只有土地才配得上做她生命中唯一的精神归属。

一直以为，所有遇到过的人和事，都没有比生在黄土地上更为庆幸的了。整个人无遮无掩地爱过土地，看它种，看它收，看它的芽出，看它的叶青，再看它的果黄。这些跃动的生命色彩，浸入了我的血脉之中，叫我走路时总是与土地博大的流程相比，而生敬与静。也忍无可忍地恨过土地，肩上的勒痕，手心脚底的老茧，一双小手上一时间能挑出三五十个刺的疼痛，就是那种坚持不住的筋骨劳累，曾让我一而再、再而三地产生对土地的畏惧和不解。怕学校在农忙季放假，怕母亲又叫我去翻哪一块地，说要种些什么。同村有一位大伯，是一个恨不得把土地平成镜子一样，把泥土筛得白面一样细，再下种的人。可就是这样一个知书达礼、会舞文弄墨的精细人，种了一辈子地，也嘲笑了一辈子同样种了一辈子地的乡邻。这，又是为什么呢？土地本是矛盾的土地吗？直到今天，我终于想明白了，为什么那位大伯会是这样的一个矛盾体。

土地是大自然给人类建造的精神迷宫吧，它会让人轻轻松松走进来，却不叫你轻轻松松走出去。或者说，它亦会叫你从从容容走出去，却叫你永远都想回头，义无反顾地再一次走进来。因为土地深深地知道，只有它才会稳妥地，替人类安放浮游之心。

生在土地上，我明白和土地的情感，注定会一直纠缠下去的。而过不惑之年，我再一次感到了累。不同的是，这累不是来自肌体的，不是土地带给我的，而是从繁华里赘生出来的，是世人满身的戾气蒸发出来的，是挥之不去的雾霾叫人不得畅快呼吸之后生出来的。我快要窒息了。

我知道，能拯救我的，唯有土地。

我开始疯狂地想念土地。

我知道土地什么都不说。

我知道土地会告诉我所有。

站在无边的田野，机器翻新土地的哐哐声持续传来。在与土地的呼吸产生共振的一刻，我突然泪流满面。

眸光里的北京

不知是缘于书中常敬慕的、一生忠于事业的传奇女人林巧稚先辈的辐射作用，还是冥冥之中，为了让我的心得到一丝慰藉，一个偶然的机会，在我做过些许努力之后，我离这个梦中的故事近了。

到底有多近？

我不敢相信自己。我竟然有机会走进故事的出处，得以在几个月内沐浴一束经年仰视，在内心认为永远遥不可及的光芒。

尊　重

时年的老师，不到五十岁，戴眼镜，一张笑脸永远那么和气，真不知他瘦长的身形中有多少学问日日转动，日日增益，日日修整出鲜明、果敢且对一个特殊群体的人起决定性作用的，一个又一个关乎生命的科学结论。我在他果断的定论里，我在他悄声细语的推断中，认识到知识是那么生动的存在，是那么会说话，是那么让心敬畏。

将我介绍给护士长后，这位中国超声协会会长、这位声誉响彻中外的博士生导师，对着来自太行深处的我说："以后有事直接找护士长。"

接下来，是夜以继日的学习，是发现了看不完学不完的知识宝库的震惊，是要将呼吸调整到更快，才能适应的紧张的学习生活。

感觉如何？还能适应吗？

坐在楼道里低头看书的我，连忙停下翻书的手，抬头。是那张在心里久违了的笑脸。他正笑着看我，透过镜片，我看到了他眸子里的关心。

我赶紧站起来，笑着点头。

真实的感觉是，只有两个星期，就已经从科里空气的浓度中明确感觉到，如果自己和这位老师多说话，不是时间上的浪费，而是生命的亵渎。这么说，一点儿不为过。他的时间是用来救命的，是用来培养近十位孜孜以求的博士生的，他的每一秒钟，都是那么昂贵。不扰他的时间，是对这位博学的老师最大的尊重。这是我从内心认识到尊重二字的概念，最简单、分量最重的一次诠释。

下了班的老师，晚餐会在单位食堂简单吃一些，然后每天轮流给我们这些干渴的心灵讲课。一般是几个小时，没有一个学生提前离开，没有一个老师不投入。当课后走在街灯明亮的大街上，你仍能在饿到咕咕叫着的声音之外，听到那些投入地授课的声音。

轻轻的脚步声还在。清澈饱满的声音还在。那些笑还在。

牛奶与啤酒

牛奶与啤酒本没有关系，可是我看到它们时，它们之间关系很大。

房东是一对北京本地的夫妻。我从他们的眼睛里能看到他们作为北京本地人时的优越感。他们有一个儿子，在外地工作。一周或两周回家一次。所以，当我天天拖着疲累的身体从医院返回时，这位大姐是最先看到并招呼我的。

慢慢从这位大姐口中得知，她退二线了，有工资，她的爱人没有好工作，只赚到几百元生活费，他们的全部收入是院子里的几间往外租着的房子的房租，其中，也包括我住的一个月650元的这间。为了多赚房租，他们在房顶搭建了简易用房，所以，他们每天都是从院子里的梯子上爬上去的。吃饭时大姐的爱人餐餐有啤酒，这我是知道的。

院子里，所有的房子是大姐的父母留下的，留给了大姐。当然这样推论，这些房租也应该是大姐的，当然夫妻不能也不该这样区分。

时间，是个很聪明能干的东西，这一点儿你不得不服。

这位大姐在我洗衣服时和我说过几次话，竟将我当成认识很久的友人一般述起一些琐碎来。

那天，她冬泳刚回，着一身浅黄色的风衣，从楼梯上扭着柔软的身子下来。“你说我们家那口子，说你吃饭不行啊，你非得喝奶。你说一天一袋，才一块多，他就在意了。他那啤酒不也得几块吗？就非得喝？我不管，我就喝。”

我笑着说，“想喝就喝！这是不同的人对奶制品的不同看法！”

我看他就是怕我花钱，这不孩子大了，要娶媳妇不是？

不会的。又不用买房了。

那也得好好装修一下，也得花。不管那么多，我就喝。吃好了锻炼好了身体，什么都有了。说完，她白皙的脸上，露出一个浅浅的酒窝。她看着我，我笑，她也笑。

日子还是日子，啤酒还是啤酒，牛奶还是牛奶。值得赞许的是，关于健康，这位姐姐有自己准确的理解和坚持。

房　客

除了漂亮的房东和她做老师的姐姐，小院里还住着一对打工的小夫妻，一个想慢慢在北京露脸的东北男歌手，一个在超市收银的女孩儿。

学习的日子紧张得有些无所适从，最怕的是吵。想安静时听到接连不断的麻将声从另一间屋里传出。那声音不大，穿透力却极端强势。

我的屋子对面住着一个年轻小伙子，竟然也在北京协和学习，不同的是他的学习目的是脊柱侧弯手术。和他说过一次话，看到了他房间里满满的书，看到了他厚厚的镜片上漾着一圈又一圈的波纹。

没曾想有一天，那位笑容可掬的大姐，站得直直的，在院子里大声说着：

“所有的人都听好了。这是北京，这是北京东二环以内，我们签租赁合同的时候，写得明明白白，不允许赌博。你们深夜里也不休息，这儿还有好几个急着学习的人呢！你们再赌，就搬走，不再客气。”

是这位大姐看到了我们学习的无奈，还是什么？说不好。反正，直到几个月后的我离开北京，离开东四北大街 266 号，再没听到深夜的麻将声。

从那天以后，感觉这位大姐真的很有北京人的味道儿。虽然说她平日不读书，但她喜欢读书的房客。

这已经够了。

网络电话

那时的我，用的是本地的小灵通，没有移动手机。

出门在外，和所有的人的联系完全靠门口的磁卡电话。打电话方便，接却不便，却也没想改善一下现状。那天大姐说门口还有一家网络电话，很便宜，又近。去了果然如此，从此知道了还有网络电话。

为了听声音，一个接一个地打给同事，打给朋友，打给家人，打给爱人。

朋友说，为什么网络电话显示的不是北京 010。我说不知道。

爱人说，你到底去了什么地方？这里显示的是唐山。

我不懂网络电话的全部奥妙，只说不知道。

房东大姐为了我的方便，告诉了我她家的固话。在没有说一句应该说的话，只在为什么显示的问题上、浪费过足够长的时间以后，我回到了住处。刚进院，大姐就喊上了。

“电话!”

他又打过来了。我急匆匆地跑着，去接电话。他醉了。

漫　步

多少次梦想看升国旗，多少回伴着国歌曲子唱国歌。

没承想会漫步在天安门广场一带。白天一次，晚上一次。

房东大姐说，你的眼睛又红了，是不是又出血了?

是啊，第三次出血了，眼珠儿胀得厉害。

得，休息一下吧。我和你步行去天安门吧，你不是早想去吗?来北京这么长时间了，也没去过。

于是，我看到了在书中才看到的画面，摸到了人民英雄纪念碑，站在了金水桥上，看到了目不转睛、绿树般挺拔的共和国卫兵的风采。许是天安门承袭过太多太重的思维，或许只有看到天安门，才是看到了北京。

站在这个地方，什么都想了一遍，又似乎什么都没想。

从地下通道穿过，来回漫步，细细走过时抬头看阳光，真的是，与洒在别处有着不同的感受。

大姐说，晚上我们再来。于是，我们晚上又来了。

夜。仍是明亮的夜。形容夜色中的美景，此时此地最切合心中吧。

坚实的脚步踏过地面，倚过汉白玉的栏杆映衬着这里一种自在的开阔，眼睛里的宏伟和大美融通得相得益彰，透明和雄厚衔接得无缝无隙。

最长最不想离开的漫步，将自己的身心交与这份坚固与壮美并存的漫步。

白天和夜色中的天安门广场，都被我看在眼且记在心了。

市场情感

房东大姐说，她的姨妈生有两个女儿。那年因身体不好，就随二女儿去了外地生活。她的姨妈夫妻之间关系较冷淡，她的姨父和子女之间关系也较冷淡。

她的姨妈有不少存款。

一段时间过后，她的姨妈竟然病逝在女儿家。两个女儿女婿按他们自己的方式为老人安排了后事。最主要的是，在这其中，唯独没有通知她们的父亲。

一个月以后，那位老人才知道，和他曾一起度过许多美好岁月的结发妻子，已被安排到了另一个世界。而这一切，他却不知道，连见最后一面的权利也被孩子们剥夺了。为数不少的存折，也已经被孩子们均分掉了。

这一切，他都不知道。似乎他是这个世界上，与这件事最不相干的人。

房东姐姐说，她在电话中听到他的哭声，哭得真凄凉。姨父说：人就这么没了！就这么被打发掉了！想不通，钱是小事，可她们毕竟是我的亲生女儿，竟然做到，不告诉我。我绝不放过她们，绝不，一定要到法院告她们。

听到这些，一是不相信，这世上还有这等事。二是开始重新思考飞速发展的市场经济，和被利欲熏过的市场情感之间的关系。

最后，老人有没有去法院，没有问，不想再知道。只是想，当人与人之间的情感渐趋变淡，被利益化，竟然让血脉亲情退化到这种地步，这种事我还是第一次听到。

不知为什么，当听到这些时，我的心一下子飞回遥远的小山村。以至于这种思维跳跃过的痕迹太深、太重、太遥远，至今难以忘怀。

轻与重

离开北京时，我的体重较前少了十公斤。离开北京时，是房东大姐送我到车站的，我带着许多本厚厚的书，离开了北京。

在北京协和的三个月，在我与科里一个个鲜美的难以企及的硕博们，日日同呼吸着的日子里，我的内心受到了有生以来最重的撞击。

那位尊敬的老师郑重其事地为我签下了学习鉴定，为我在他所编写的书上签下了那个令人尊敬的名字——姜玉新。至今，那些笔画在我心里生长着，枝繁叶茂。

我相信我学到的，不只是与工作有关的医学知识，还有和医学知识不相关的，与自己的生命理念相关的存在。三个月，我省吃俭用，仍花了不少可以用来扮靓外表的钱。三个月，我学习到了许多多少钱也买不到的东西。

失去和得到，轻与重，在我心里更加分明。

离开北京协和的那一天，我在心里默默祝福所有教授过我的老师们：身体健康！平安顺意！

核桃的留白

半尺长的一根粗铁丝，一把斧头简单、粗暴地把它摁在石头上，便开始使劲砸。砸来砸去，时间一长，它的一头，便会硬生生长出一片热乎乎的小树叶来。铁丝的另一头呢，还要用力砸，到极热时它会变软，软到能弯成一个小小的圆圈，这就是我们曾引以为傲的核桃刀。不止我自己亲自做成的那把，村里所有的伙伴们，都有这么一两把。

并不是村里的核桃树多，才有了这样的桃核刀；相反，整个村子只有两棵老核桃树，依靠着一排高大的山，将军一样镇守在村北。

会制作这种核桃刀之前，我从不知道核桃是什么滋味。有了这把小刀，也就有了对核桃最深最早的记忆。麦上场、核桃半瓤的五月，趁家里父母午睡，偷偷摸摸下炕，蹑手蹑脚出门，一溜烟向那两棵老核桃树跑去。接下来，几个伙伴约好了似的，一同汗流浃背地爬上树，东张西望，准能敲下宽大的叶间绿得发亮的核桃。再看几个小脑袋，蹲在树下，围一个圈儿，一手用力握住翠绿的核桃，另一手持刀，找准了核桃内在的竖纹，慢慢扎进去，继续顺时针用力，核桃以极快的速度被分成两半。这个时候，那些闪着亮的嫩嫩的白核桃仁，就在眼前了。当时不会想，硬邦邦的核桃内心，怎么那样柔软呢。还是那把小刀，勺子一样把核桃仁麻利地挖出来，瞬时，唇齿之间，就诞生了一个香喷喷的季节。

初冬的北风顺山而下，一副猖狂模样。奶奶的土炕热乎乎，玻璃窗被风吹得呼呼响。当时已怀孕八个月的我，因激素水平波动，妊娠反应非常严重，终日呕吐，无精打采，还时不时低血糖。吃什么吐什么，可偏偏吃核桃不吐，吃多少都不吐。想吃，控制不住地吃。只要饿了，便吃核桃。早早躺在热被窝里的那个夜晚，子夜时分，又一阵饥肠辘辘，不自主地饿醒，又心慌，赶紧推了一把熟睡的爱人，“快快快，砸点儿核桃吃。”爱人听到，睁开眼睛看了看我，看了眼熟睡的奶奶，又看了眼正熟睡的婆婆，悄无声息地下了地。他装了满满一瓢核桃，又悄悄地钻到被子里，把头蒙上，就在被子里面，咯嘣咯嘣，用牙咬碎了整整一瓢核桃。我也因为吃了这一瓢核桃，时间不长，再一次进入梦乡。作为一名妇产科医生，我亲历过妊娠反应过重导致不得不引产的病例。面对整个孕期的剧烈反应，在瘦了十五公斤之后我还能坚持下来，完全是核桃的功劳。

整个孕期我吃下了太多的核桃，也感恩上苍，这世上还有核桃这样的物种存在。让我的生命有了呼吸的空间，维系了生命的延续。不只这些，在二十多年的婚姻生活中，这一瓢核桃，不知化解了多少生活中的结。捣开核桃的日子，我用感恩的目光，细细打量核桃的形态和纹理。我联想到解剖学课上见到的人类大脑：沟沟回回中，藏满了力量和智慧，不能不说这是一种神奇的物种。

往更深的山里走去，你会看到依山势而长、成列成片的核桃林。庞大的身子依着山，傍着水，一年又一年，不紧不慢地长着。若是夏天，枝头的核桃圆圆的，且常是对生，在枝头，在山前，吐纳着清香的空气，安度着岁月。若是深秋，或许还有几朵任性的山花在等你。随便穿过高高低低的石埝，踏过丛生的枯黄杂草，往一片核桃林中走去，正好有一阵风吹来，“啪”“啪”几声过后，顺着声响，你会寻到几个，仍半躺在母腹中的鲜亮的核桃。自然熟的核桃随风落地时，更有着不同平常的色泽和饱满。尽管来的每个人都不会空手而归，一旦捡起来时，仍是一种意外而又简单的喜悦。

因为所有打核桃的人都知道，都默认，都不会打到一个不留才罢休。

简单的喜悦是属于农家的。我的家乡，尤其在城北的山里，约一千平方公里的地域内，以核桃为生的村子实在是多。一年一秋，在他们收获了核桃之后，一年的粮油和花销有了着落。这极其简单的喜悦背后，有着和核桃的纹理一样细密的沟沟坎坎。那些浅的，一脚就能迈过去；深的，能把一些素常的日子，硬生生掰成两半。

没有风，仍旧眼巴巴望着满树的核桃，满心欢喜。六十多岁的老钟，靠着高高低低、大大小小的核桃树，把家里两个孩子拉扯得光溜溜。家里有上百棵核桃树，除了几棵是老祖宗留下的，其余都是他年轻的时候栽下的。眼前这棵老树，是村里最老的。老钟身子瘦长，还有点“拱”肩，因为常年不停地劳动，动作非常敏捷。每到秋天都是自己上树，一个，两个，东一杆子，西一杆子，伴着呼呼的叶响，敲下满树的核桃。可这一秋，老钟躺在了床上，再也没有站起来。老钟是打一枝老枝的核桃时，一不留神踩了空，栽了下来，恰好掉在一块大石头上。等拉到医院抢救之后，最终成了重度瘫痪。从此，他的儿子接替了他，年年上树打核桃。再后来，老钟的儿子也成了老钟，老钟被埋在那棵最老的核桃树下，据说那是老钟的心愿。他说他这一辈子最喜欢打核桃，东一杆子，西一杆子，就像挥舞着刀剑的英雄，能把一家子的衣食打下来。临走，老钟不合眼，他的儿子给他手里握了两个核桃，老钟这才安心了。那棵老核桃树下有乱石，有杂草，盛夏时还会有一条清细的山溪。

同住一个单元楼，年年秋天惦念打核桃的李老师，说以前工资低，还是这些核桃树管了用。结果这一年，几棵核桃没有打完。李老师是用担架抬回来的。李老师在树上打核桃时掉了下来，摔坏了骨盆，一动不动地躺了好几个月。后来，他的女儿再也不让他回老家，再也不让他打核桃了。养好了骨头之后的李老师，一早一晚，哪儿也去不了，就在单元楼的院子里，坐着一把小板凳，头稍稍歪着，眼睛眯着，胳膊一伸一缩地拉二胡。李老师拉出的曲调，总是一波一波弥散开来，就像山里的秋风吹过核桃树的树梢。

秀常年带孩子在县城读书。爱人常年在外面建筑工地打工，十几年下来，和妻儿之间总像隔了什么。虽说一年也见不到几次，却不是人们想象的小别胜新婚，而是一见面就吵。女人嫌男人不知道干净，烟不离口。男人嫌女人不知道心疼人，一年到头在外吃多少苦呀，到家连个笑脸也看不到。夫妻二人只要一见面，一日三小吵，还得冷战好些天。吃饭，穿衣，走路，所有生活细节上的不同，都成了诱因。两个人你看我不顺眼，我看你更不顺眼，真不知道十几年的夫妻怎么熬过来的。慢慢地，竟然连孩子都和父亲生疏了。女人说，男人变了，感情降到了冰点，从来没有过的。

这一日，男人摸黑坐火车，很晚才回来，不知是疲倦还是饿，一进家就黑着脸：我回来了，回来给你们当长工，回来给你们打核桃。简单几句赌气话，家里的火药味就浓了。他们的主要生活来源——那些核桃长在树上，男人和女人已吵得不可开交了。吵过之后，女人沉默，男人沉默，他们的儿子也沉默着，谁也不再提打核桃的事。

男人是突然一天辞工而回的。那天正是白露，在山上打核桃的男人突然给女人打电话，电话里男人音调缓和、低沉，说当家的三叔，在树上打核桃，把高处一枝老枝踩折，从树上摔下来，当场就咽了气。女人一听到，不知道怎么了，哇的一声大哭起来：你，你回来，咱们不要那些核桃了，人穷不死。我还想和你吵架哩，还没有吵够。你回来！不打了！不打了！女人像发了神经，在电话这头一直大声喊叫。等平静下来，女人说，听到那头的男人也哭了。这么多年，吵过的嘴打过的架，在一瞬间都抹平了，似乎什么也没发生过，连空气都柔软了下来。

男人依旧坚持一杆子一杆子打核桃。打完，收拾完，坐在树下给女人打电话。男人说，秀，今年核桃结得最多，打了八十袋，回头给你买件好衣裳。女人说，累了，早回吧。回来给你做好吃的。男人回来了，带回来八十袋新鲜的核桃，像一个凯旋的勇士。他们的儿子围着装核桃的袋子，看看这个又看看那个。男人笑了。女人笑了。像回到了从前，手牵手坐在核桃树下看一只“扫木连”正麻利地剥开了一个个核桃，吃得香喷喷的那个秋天。

男人又补充说，高枝上的不打了，给“扫木连”留一些过冬。此时的“留”这个字，对山里人来说，是坦然，是感恩，更是内心得以释怀的轻松。收获庄稼时也一样，不管人们如何精心，总会“留”下一些。尽管艰难时还会再去捡，结果还会有。

留，也成了人们在向自然和土地索取时，取之不尽的代名词。伴着“留”的，是“露生”（丢落的种子次年自由生出）一词的出现。是不知何年何月，在“留”下之后诞生出来的。同时，也让土地上的心在一场春雨后的某一天，在某个不起眼的地方，惊喜地相逢到一棵或一丛鲜活的希望，“露生”的庄稼或小树。

有豆苗，有芝麻，有谷苗，有黍苗，当然了，各种各样的小树苗也在路边、在草丛中，用力探出了头。

此时的心，会活在盛大的希望中，永远不会再绝望。人们会采回野生的种子，会移植一些小树。这其中，也有人们格外珍惜的阔叶的小核桃树。这时，草木一样的人连同这些草本，被大自然一并呵护了起来。

做事留有余地，不仅是人与人之间的事了，而是人与自然之间的事。更重要的是那些不可撼动的“留”，不再是简单的心做过的简单的事，已经成了平凡的生命得到大自然的恩泽之后，极为尊贵的留白；成了人类的精神世界和大自然之间持之以恒的默契；更是祖代口口相传下来的，关于自然和生命的延续之间极其重要、不可违抗的生存法则。

平遥新韵

走　近

早起的习惯，随我一同入住到古城平遥。

轻轻拉开木质的门闩儿，在推开那扇刻着岁月印迹、漆染得庄重的厚厚木门时，抬脚迈出。一时间，似乎迈过的依旧是几千年前的那个门槛儿。

身后有着雕梁画栋的精美建筑，有着精致雕花的楼梯扶手，被我轻轻地掩在了门内。只有院角高处的一盘月亮，随我一同走了出来。

院外，不太宽敞、直直的街面上，来时的喧闹还没有再现。昨日路经时闯入视野的多彩店铺，仅有寥寥几家开了门。其余的一切，都还在睡梦中吧。

独自一人，慢行。轻轻地踩着地面的我，不想惊醒几千年前，曾在这里昂扬着的地下的灵魂，更不想磕碰着哪一块青青的地砖。

前后、左右、上下，目所及处，无一不是积淀着厚重历史、文化的古城。此刻，在我脚下，在我眼前，在我的心里，延伸着……

没走几步，左转儿，不少的人，竟往里面去。探头望过去。目光穿过城门洞，里面竟有不少人在锻炼身体。随着人流走进的我，感受到了黄土高原的早晨所吞吐出的，蕴含着独特文化气息的空气。我不由得加快了脚步，走过几千年前的车辙留下的痕迹；走过存放着古时车辆的城门洞，来到了这片旷而不空的所在之地。

时间太紧了。

要赶时间的我，看清楚了这块健身场所外围的一侧，是始建于西周的高高的古城墙，适才所经过的城门，是平遥古城的南门。

原路返回，遇到了同游的同事。看我正在拍下街正中正升起的红日，一时兴起，要过我手中的相机，要亲拍一张。在第一张没有拍得如愿时，我故意和他开玩笑：

“应该再往前走走，离太阳再近一些，才能拍好。”我一本正经地说道。

同事立即下意识地往前走了几步，又往前走了几步，听到我的笑时，他才回过味来。

我们再走也近不了。

这一轮红日，在街的正中心慢慢升起，映着古城的安然，映着古城质感的一切。那份泰然让我们的心更加虔诚。

为这块古老的土地，为我们只能敬仰，永远无法走得更近些的存在。

古车辙印

印象深极。

清晨，古城平遥漫步。步经南城门洞时，走过当代修缮的一段木质路面，一时脚下不平，差点跌一个趔趄。

古车辙印被木栏围起，这一点，不可否认。却不曾用心去想，不曾留意去看。车辙印，岂能只有一段之理？

这些纵观，宽窄不一，深浅不等，没有棱角的细沟，便是几千年前遗留下的不朽明证。用手轻抚着它，能感受到它的心跳，感受得到它的厚度。几千年前，有多少滚动的车轮，碾轧着历史错综复杂的各色纹理，或笑，或哭，或悲，或喜，或飞驰而过，或悠然而来。这些密密匝匝的记忆，便由这些灵性、坚硬的铺路石，认真地书写了下来。

就这样，历史的足迹，由它顺延着到了当代，到了当代人的心里。

我驻足停留。因为这些深深浅浅的印痕；因为这些历经岁月磨砺，穿引着历史的耀眼的长长的石沟。

站在这儿，我似乎听到了周朝历代统治者，昂首站在黄土高原上的长吟。是在对八百年风雨的长吁短叹吗！是在演绎起起伏伏的治国篇章时，所挥洒下的一脉豪情吗！还是东周后期，他们面对众诸侯崛起后、有意反抗的无奈浅唱。

此时，历史的底色最显眼。

装实历史车厢的书简，饱饮了笔墨，安然入睡。记忆中，在沉甸甸的八百年的风雨中书写下的豪歌壮语，在这清晰可辨的车辙印里，浮出了水面。

耳边，一直有金属与路石不断碰撞的声音，徐徐传来。

渐近？渐远？

车辙印更明显了。

古老与现代的合美

平遥城内，众多透亮的敞篷电瓶车载着我们，快速驶过导游所言及的明清街的南大街。

到达平遥古城时，天色已晚。目不暇接的绚丽色彩和古朴庄重的各式店铺，提前将心占据了一多半。这里需要步步留意、时时用心，才能收揽或者碰触到最精质的存在。

四大街、八小街、七十二条蚰蜒巷巧妙走行着，并坦然展示着古城平遥血脉相连相通的一面。这些商贾云集、店铺林立的街道，俱是明清时期的街道，绝大多数没有进行过二次修缮。晋商善于梳理、整合的经商之道，在这里一览无余。

这里的空气中，弥散着与众不同的因子。

漫步在南大街的正街，不由得想，站在正街心，一动不动，霸气一回。心自会不由自主地与这里的一切，融会在一起。

民俗客栈、酒吧、醋店等所有商家店铺的门面，古色古香，无一不彰显着这里几百年前的繁荣，和今天的它以独特的方式、完整递接到现代的文明。

最赞叹的是这里无可比拟的完整，和独一无二的古老与现代，相融后沉淀的美。

步行在蛐蜒巷，被封堵住的不多几家当铺、依旧清晰的对联，被我实实地细细打量着。

上联：敢云缓急以相通

下联：但谓周旋宜两便

横批：济民生

几处都是同样的内容，是“济民生”几个字的通用功效，还是当铺本身所济的缓急所致，没再细想。

1997 年 12 月 3 日，联合国教科文组织世界遗产委员会把平遥古城列入《世界遗产名录》。其报告对平遥古城的评语为：

“平遥古城是中国汉民族城市的明清时期的杰出范例，平遥古城保存了其所有特征，而且在中国历史的发展中为人们展示了一幅非同寻常的文化、社会、经济及宗教发展的完整画卷。”

这些保存完好的街巷，以及城内古风犹存的商风、民俗，在这里得以如此完美传承。正是它浮在表面的美，和潜于内心的文明完美结合，才使得这里的阳光、明月、星辰，依旧以旧时的笑，面对着这个有着绝美体态的古城。

固

平遥素有“龟城”一说，是这些两千多年前建成的、高大而坚实的城墙，组成龟的形状而得名。寓意固若金汤。

从远处，第一眼看到这条长龙时，心立即静了下来，而且有一种归属感莫名而至。这些总是和云梯、弓箭、战鼓等相提并论的存在，而今在眼前，以如此从容的身姿静迎着众多的游客。娇柔妩媚的现代女子平和的笑靥、身着古装的守城官兵，和脑中刀光剑影的闪念与现代悠然晴朗的笔调，切合成独特的叠韵，让心来来回回，品尝着一种真实而又变幻的坚实美。

仅有幸赏到南门迎熏和北门拱极。由于时间关系没到东门、西门。至于说城门所设垛口 3000 个，敌楼 72 座，是取孔夫子弟子和贤人之数，倒是颇感古人无时无处不与贤哲搭乘，心生赞叹。至于城楼、瓮城、角楼、点将台、护城河等俱是随导游，匆匆而过，不及细嚼。

对于城墙，倒是听到了细细的解说：平遥古城墙周长约 6. 2 千米，高 10 米、宽 3~5 米，内墙身素土夯实，外包青砖，内墙砖砌排水槽。墙顶外筑 2 米高的垛口墙。城墙外观，黄土色，远观长长的高墙蜿蜒着、无视着身边的一切，目光却宽厚有加。像极了法力无比、神通广大的一方守护神。我感受了它存在的力量，也感受到它坚硬的壳下所包裹的柔软绵长的情感。

几千年不曾使它改变模样，不曾使得它的骨骼软化变节。它的坚实，让这一方城池的生灵得以安心劳作、安心看日出日落。它始终如一地呵护着这块土地。

在我激荡的内心深处，我看到从遥远的史册中，走过无数坚实的魂灵。他们和这座城池一样，经住了岁月风雨的无情洗礼，以新生的姿势完整存在，挺立在精神的至高点上。

心灵短歌

一、凝视

春日，奔行到另一个城市，遇红灯。宽阔的公路两旁杏花正开，奇怪的是，所见的杏花不是印象中的粉白，而是雪白，像雪一样的白。和现在的许多存在一样，已不是事物最初的印象了。

看过长长两排杏花的白后，红灯还在。目光则顺势转到车前方的一侧：地上横着一只血淋淋的小狗，是一只不知被哪个车子，碾得血肉模糊死去多时的小狗。另一只狗（应是小狗的母亲）正端坐路边，凝望着这只肢残血横的小狗幼子，一动不动。我大概就是那种极易走进这种，与己无关的无奈与悲伤里的人。便开始用心凝视这一大一小、一死一活两只动物。大的狗一直正襟危坐着，凝视着遇难于地的那只小狗，丝毫没有离去的意思。

路人次第经过，见到眼前的动物为亲情守护一幕的，不止一个两个。车子，依旧一个挨一个经过。那只大狗的身形被定住了一般，伤情难顾，彻底无视眼前正忙碌的车子们。直到我们离开，它仍旧端坐，凝视着地上的小狗。虽说离得较远，还是看清了那只大狗的眼睛里，布满了悲伤。

遇上。又在杏花初开的春天遇上。这一幕场景就随心被带了回来。不说出来，它就粘在心上，不离这凡体，沉重得厉害。

二、常开的花

没有时间浪费和奢侈，甚至于没有时间浪费一个眼神。

举手、投足，没有一个动作无用。一颦一笑，不浪费一个表情。凌波微步，速滑，最艺术最美的步态和走姿，夜鹰一样明亮的眼睛，以秒为单位搜寻着八方的信息。一只手东边放下，一只手西边又拿起……

如果将以上这些动作单列，能做到的人很多。可它是一个大组合，而且是要持续下去的组合。这是我眼睛里的一位产科医生，正忙碌的瞬间。

二十年前，一个锅吃饭、钻一条被窝呼呼大睡的小友，已是孩子的妈妈，学习和工作，将她历练成了一道世上最美的风景。盯着她，你能看到科学、哲学、宗教，感性、理性、智性，义务、责任、担当，还有人世间的知识真正应该抵达和发酵的地方。最最重要的是，我又重逢到一双明眸所散出的清香。不绝。如昨。

感谢生活！祝福你！

不止春天，你已经是一朵常开的花。

三、说桃花

还是我们的先祖有远见卓识，“桃夭”就是最好的见证。一直对今人对桃偏颇的理解，提出反抗。可又有什么用？是桃花的形容可爱无比，让世人心生妒意了吧。

要一直向上走的春山路边，桃花初绽，有花有苞有叶，正是我意想中赏桃花的最佳境界。真不知才几年间，这一棵又一棵的桃树，就在山间站成了风景。

人流匆忙着，顺着桃红的山路向前走，见身边的桃花笑意盈盈，春光流展，缠绵不断，好不兴奋。就想，难怪我们的诗人，要在“去年今日此门中”的美好想象中，进行一番寻觅。

只在书画中见到过三月桃花雪，不承想，今亦是见了。亦是见了不同凡响的晶白和桃粉，在天地间交织而成的奇。

倘驱车半小时，便有万亩桃红的海洋，正在接着八方来客。我在想象着它粉红的壮丽。天地被她染红，人面更是被桃花的蕊香熏得霞光一片。这样的春天，应该是怎样的一种温暖和热烈！

四、山寺，月光

月光漫铺，一切都渐趋安静。坐于山寺的小院里，人影寥落，夏夜便愈加温和、细腻。人沉在其中，于是不忍离。真真脱了凡尘一样的安静。哪怕片刻。也是好的。

不远处山顶上，广场舞的乐声直冲夜空，仅几个点，间或落下。挂在天空的月亮根本听不到，更扰不到它漫洒着清辉。婆娑树影，远山，天上大片乌云 ，缓缓地融着，合着，慢慢地，就分不出什么是什么了。

身边走来一个女人。细细分辨是我在乡镇工作时认识的一个妇女，见到我欢喜地打着招呼。

和我对坐在一条木质长凳上，长长地述说起了她的儿子儿媳、女儿。都大学毕业，工作，而后栖居在遥远的城市，话语里有一份欣然，有一份失落，说没有想到自己会活到这般地步。她的丈夫因车祸去世后，她在县城买了房子。只身一人的她，在这山间，尽管有月，有风，可我仍在她的微笑里触摸到了一种隐得极深的怅惘。月光仍安静明亮。年过六十的她，腰有些弯了。女人和我说了那么多，那么多，我知道她需要倾诉。后，她又随我们下山。

山路的拐角处，在她将要往另一条小路上拐弯时，我不由喊了声

“明天还去吗？”我真的不知自己有没有时间“明天”还去。可忍不住问了出来，也许纯粹是为了一个女人的一天吧。

五、蛙声

是日，子夜，无眠。

缥缈思绪，无处可依。忽闻蛙声入耳，再听，只一只，只一只蛙声。声音孱弱，单调。却还是一声，又一声，不停叫着。真不知比平常纤弱了多少的这蛙声是如何爬上了高楼，又跃窗而入的。

按理说，是该有蛙声季，还好有一场雨刚过，地面一定积水不少，有蛙声，倒也不奇怪。可，往日为何没有听到？是我睡得太实了，还是眼下只有这一只蛙不知深浅，不远万里地闯入了城市的坚硬之中？

于是，由这一只蛙，自然地想到那一群蛙，又一群的蛙。

曾经的夏天，往复几里地到田间帮忙，可不是少数，早出晚归成了平常事。十多岁，一个女孩子，独自在长长弯弯的山道上往家赶，想想那份情形，还在眼前晃荡。只是，你怎么想到会有一大片一大片的蛙声，在路边，又似乎是草丛中，此起彼伏，鼓掌加油似的唱着。听着，听着，你就能听出，是一片十分欢快着的叫声。这叫声，更是一种陪伴呢。那时的我，就在这蛙声里瞬间抖落了独自走夜路的怕。

那一只蛙声，还在，更睡不着了。于是，怜悯起它的处境，这样坚硬的水泥地面上，哪里有可供你呼吸的泥土香味。你倒是如何迢迢地到了这里来的呢？

六、搁浅

搁浅过的思维，由一条清澈的溪流映出了它本质的变化过程。

视野里，一辆黑色的轿车，一条清澈的溪流，一个娇美的幼女，一张张在春日里、在艳阳下充溢着生机的笑脸。

鱼儿就在这春光尽兴宣泄的晴空下、在水中畅游。一个小男孩儿挽起裤脚进了水中，不一会儿从水中捞住几条刚刚能称为鱼儿的鱼儿，他笑了，边看着手中塑料袋里的鱼儿笑了……

男人手中拉着幼女正在牙牙学语，她指指男孩子手中的鱼儿，又指指身边的溪水。不断从口中发出似懂非懂的声音。从手势能看得出，是让父亲也到河里，去捉来男孩儿手中跃然跳动着的鱼儿。

看起来是位成功人士的父亲，看了看溪水，看了看这条他从小不知在这条河里玩过多少次的溪水，转过了身儿，转向了小男孩儿。

"我买下你的鱼儿，行不？"

"不。"小男孩儿想都没想，一口回绝。

水继续向前流，太阳热起来。

七、雨中思潮和雨落

窗外，便是心中的世界吗？

一场雨连续了几天，竟没有丝毫收敛之意，在雨声敲打世间，在雨声被雀跃的手指敲成喧嚣之时，那些连接成的无数的直线，已完全侵占了眼前乃至心里的所有空间。窗外的视野里，徒生出一栋又一栋的高楼，那些昔日高大的树木们，竟状似俯身依母的幼子般，悄然在天地间柔弱着了。

越过高楼，眼睛里的层次感仍在，远山依旧高大，一时间竟要笑出来，那些高楼终究高不过山的高。而人的高，原是从人的内心生出来的，终不是实物。想明白了，也便愈加坦然起来。

人，在天地间逐步构建着不同个体的质素，也在天地间消损着源于生命本真的性灵，恍惚中，世间的层层叠叠便次第分明起来。或直接，或间接，一如眼前这雨中的青山、高楼、树木，以及融散在这其中、自认为万物之灵的人。

在人认识不到人与自然的属性之间、巨大与渺小的分水岭时，那便是人类存在的悲剧的始因。

我们前行着，我们或逆或顺，在人的欲壑与大自然美好的初衷之间迂回，在人类将自然的忍耐当作了天生愚钝之后，在漫长的精神过渡中，到底会有多少人，会被虚无无止的欲求，浸渍而枯，从古至今，这是个无人统计，也无法统计的数字上的盲点。犹如这雨丝般，它只顾用它的存在方式来面对这个世界。

它是有自然属性的东西，这么说，也许会有很多的心，漠然！

八、云中日

轻侧身看窗外。阳光隐约，好大一片云，暗灰色，疏密不一，环绕着欲出的太阳，展铺于视野之内的天际。

云层间，间或有几条与云的形状相一致的狭长的光线，透过的亮光让人了然此时的太阳，正在云后。云片正中，如被一庞大柔物轻掩了躯体的精灵，欲挣开云无意间的束缚。

整个早晨，我都凝视着这天空中超然的静中之动。不再做任何事情，不再思考什么。只想观望到，有着绝对优势的太阳是如何如青禾拱裂泥土一样的突破时，拥有的那一瞬间的让人心动的明亮。

一分钟，两分钟，我能感觉到太阳挪动的力量。

太阳在云中穿行。屋里的忽暗，我知道它走到了更厚的云层背后。

再走啊，前边有薄的地方！

我快要喊出来了。我甚至想帮一下太阳，帮助它寻找到云层薄弱的地带。如果我能用鼠标帮它点到那个有着宽大裂隙，足以容得下它的地带，它会少走弯路，它的明亮会来得更早一些嘛！

我太天真了。

那个裂隙是大，可是它的周围还是会有云层遮蔽着它。它不想有一丝精神上的羁绊。它需要的是整个天空，裸亮在整个天空。任何一丝灰色的束缚，对它来说都是一种于心的牵扯。即使绕得再远，走的时间再长，它也要向前。

它的明亮是自由的。

屋内骤然暖亮起来。窗外，太阳，已到广阔空间，再无遮拦。

不知是云躲开了太阳，还是太阳驱散了云。

九、秋之语

秋叶渐而凋零，不管是循环中的延伸抑或漫散，终还是随它去吧！称之为自然规律，可能会贴切而庄重，到不食人间烟火的地步。

一年之中从春到冬，一天之中从白天到黑夜，世间万物都是如此。

唯一些不曾醒的，凝固了生命的原初，始终在原点无休止上演一曲又一曲、重复过千百遍的旋律。却不曾引人耳膜震动一下，想来也是多了些悲情成分在里面的。

很多人曾赞湖水之静，因为这静成就了自然之美，这静是超然于动的。

顿觉凉意浅袭。

竟手脚皆凉，末梢受了影响，紫乎乎，皱巴巴。有言，平增了几许恐惧呢！生命也就是这样吧，显而易见地慢慢消耗着它的元气，在经久的磨砺中，或成长，或萎缩。于自然，也仅是一场毫无诗意可言的规律。于内心而言，那一场具有生命意义的成长，不亚于一次亘古未有的开天辟地。

叶儿的纹理越发清晰了，那是在叶儿诚心归于泥土之前。人，不应该这样，人应该在生命的每个阶段，持续跳跃着动人的音符。

绝不曾将这一种明朗，看重。因为，大抵在心中沉实下来的存在，都需要让它模糊一下，好给自己一个缓冲情感的空间和理由。

正步走。

每一步都迈实。因为置身于这个纷杂的世界，唯有坚定的心，才会、才能甘愿坚守一种品格，才能使自己每一次笑容都在诉说真实，担负着真正意义上的责任。

第二辑

一粒春天一粒秋

窗外的光影

站在窗前和暖的气流里，端望着窗外冬日的静谧。先前的窗外大多是平房或二层小楼，一直是中规中矩，层层叠叠地铺在视野里。再远处，一座新起的高层不知从哪天起闯入了眼睛，让你打开窗，首先看到它。再远一点，就是看不到头的绵延的山了。

再高的楼也高不过山。不论冬夏，人的眼睛总是不顾一切地越过楼，去看远山。值得一提的是，仅仅一个夏天的工夫，窗外绝大多数黛青色的屋顶，已骤变成平整的艳红。阳光正好时，那红便愈亮起来。

一

几只雀儿在屋顶上的草丛中边觅食，边来回嬉戏。或你追我赶，或相对吟唱，自由着，欢快着。即便是这样，还是不能满足它们阳光下胀满的欢乐情绪的释放。眼看着，眼看着，一下子便又飞过这家的屋顶，飞到另一家的红屋顶上了。

不知是屋顶的红刺着了雀儿们的眼睛，还是屋上红顶的质地，让雀儿的脚感觉到了陌生的不适，只是稍稍一歇的工夫，便“噗”地全飞了起来。不是一只两只，是所有红屋顶上的，都飞了起来。在空中，边叫边飞着，打着旋地飞着，一如在互相诉说着适才的所遇。正纳闷着，它们下一步要落在哪里呢，只见早有约好似的三五只、七八只，已稳稳地落在不远处的一棵樗树上，隐在了树的大大小小的枝干上。

正一边感叹雀儿歇于树枝间时的静，一边又惊喜雀儿难以压抑住的叫声，终是隐不住的。在枝丫间唱和地叫了几声以后，还没等再想些什么，这些精灵们又从树枝间划着弧、向着不同方向冲了下来。有落在红色屋顶上的，有落在屋顶的草丛中的，还有东奔西奔着来回走步的，似一个个信步闲庭的人一样。

这时的我，突然间好像看懂了些什么。

这些欢快的雀儿们，一定是将此刻冬阳的暖抚，当成了春天要来时的和润气息了。它们不停地呼朋引伴，不停地对歌，止不住地在天地间兴奋着。那些在微风里轻漾的树木，那些被这一群雀儿们引逗得也怀疑起季节的世间万物，大概都在这雀儿的和鸣里，伸展着自己的思维了吧！

是春天要来了吗？

是春天要来了罢！

二

雀儿们是不会唱“子衿”或“采葛”这些古老的恋歌的。可是能将这一腔向往春天的心，挑撩得欲罢不能的歌里舞里，雀儿们是完全敞开了自己的。这一点，我深信。

先是向往着雀儿们的自由，羡慕着它们欢欣的对歌，接着便感叹它们对四季敏锐的感知，一定超过了人类。最重要的是，思考着它们对自然的顺应与抗争，也一定超过了人类的想象。

而如南去和北归的大雁一样，在和自然诗意的对接中，巨笔成就过令人仰视的安和乐章，也越过了人类史上屈就于环境的悲欢离合。在我们北方人的眼里，除了雁，还是雁。

万木萧疏的季节，视野通透明澈，一望无余。乡野间的密林中，高高的树枝间，那些用长短不一的树枝巧妙搭建成的稳固的“家园”，让心不止一次地肃然起敬。草长莺飞又一年。伴着二月的春雷，这些生灵又是怎样度过了遥看桃红柳绿的荒淡。正夏的绿中，鸟儿的巢穴虽说被浓荫呵护着，不再裸于风中，可暴雨狂风的一次又一次的示威，还是让它们经历了一次次生存的危机。可贵的是，炎夏与寒冬都不能阻碍它们亮展开的喉咙。一次次对决之后，大自然不得不低头承认：自己输给了这些微不足道的动物。

除了与自然对抗，这些会唱歌的弱小动物们，还要不折不扣地经历与人类的战争。在雪天，人们在院里支一个筐，撒些米，以此诱捕那些在冬天觅不到食的雀儿。现在想想，多亏从没捕到过，那可是一群在雪天无路可走的生灵。它们之所以不惧怕人类，是想与人类为友。还记得随村里的哥哥姐姐们成群地奔跑着，看他们爬到房上，手长伸在檐下，伸得老长老长，最终会掏出窝内一些羽翼未丰的幼鸟，兴奋地向众人夸耀。也曾因眼睛看得发直，想得到一只煮熟的雏鸟吃。那种愧疚的心情，至今盈怀。

原谅我吧，那时的我还不能懂得。

读过一篇关于美洲画眉的故事，是美国作家索尔·贝洛的诺贝尔文学奖获奖感言。说的是他小时曾捕到一只小画眉，并将它关进鸟笼。小精灵先是惊，后是不吃不喝，为此贝洛请假伺候小画眉，几天后开始吃喝的小画眉，还偶尔对他一展歌喉。紧接着，贝洛发现一只成年画眉接连两天和小画眉叽叽喳喳，还将衔着的草莓在两天同一时间吐给了小画眉，第三天小画眉死了。它死的原因是：因为母画眉发现孩子被人类囚禁后，把足以致命的一种毒草莓分两次喂给它。是为了让小画眉在不知不觉中慢慢死去，以减轻它死亡时的痛苦。读过这则故事，我将生命、生存、自由和欢乐，重新进行了定义。

三

琴和敏在村里是最要好的姐妹。琴的名字是长大后自己改的，因为她喜欢悠扬的琴韵。

琴大学毕业后和爱人一直在北京打拼。十几年后，琴在北京买了房，也就是有了自己的房了，虽说在五环之外。再往后，琴才有了自己的孩子。

敏羡慕着，也想着到北京打拼几年，给孩子赚些钱。就这样，夫妻俩将孩子留给了爷爷奶奶，在一个春光明媚的早晨，踏上了去北京的火车。

敏和爱人先是到一家超市打工，每月除了房租，还要省吃俭用，仅仅剩不到一千元。可就这一千元，敏两口子还是很满足的。要是在村里，他们除了种地，那个小卖部一年最多赚三千元。

一个阳光不错的天，琴来了。敏问琴是否还在继续学弹琴，琴苦笑着说，哪里还有工夫学琴。每天早上五点起床，匆忙喝杯豆浆，就开始乘地铁，一转，二转，再转，一般都是两个多小时才能到单位。还时不时精神紧张，怕误了点。中午时间短，只能在单位吃盒饭。晚上下班后，夫妻二人又是转来转去坐地铁，到晚上将近八点到家，张罗着吃晚饭，这还是没孩子的时候。现在倒好，还要管孩子，没有雇保姆的钱，真觉得在北京，和笼里的鸟儿没什么两样。时间多浪费在了地铁上，终日紧绷绷地生活着，只混了个在北京有房的名声。

敏这才细看琴，不到四十的脸上写满着劳累，最让敏想不明白的是，琴是知识分子，夫妻俩一个月挣一万多元，咋还说剩不下。这样的生活状况，敏接受不了，也理解不了。又不是和自己一样在超市里工作，那么琴图的又是什么呢？

琴说，也想念以前轻松的生活，多么自由，可又觉得回不去了。所以，还得在北京继续奋斗。

回不去了？

敏不再想琴的忙碌生活，只想留给爷爷奶奶的孩子，以前这个时间，孩子正绕着妈妈的脖子，故意咿咿呀呀地撒娇。可是现在呢？婆婆又打电话说孩子不听话，不好好学习，还说又不是活不下去，还是回家吧！还说孩子似乎长大了有了主意，小小的年纪脾气倒倔起来了。

敏一听说孩子不好好学习，心感到一阵一阵的疼。敏想起来时坐在火车上正看到北归的雁群，雁迁徙是辛苦，可毕竟是老老小小在一起的啊！敏感到自己真的不如一只雁。

敏来北京半年，从没去过名胜古迹或著名景区。因为敏舍不得拿辛苦挣来的钱，只为去看看景。敏心里想的最多的是孩子。在内心打定了回家主意后，敏和爱人去了趟离得最近的公园。

这个公园是对外开放的，里面花草树木很多，花的种类和颜色也纷纷杂杂，有鲜艳的，有素雅的，有正开的，有含苞的。敏的眼神从花上移开时，抬眼看到那些稍粗些的树枝上，落着许多小小家雀儿，正叽叽喳喳叫个不停。一会从树上飞下，才落地，一眨眼就又飞到树上去了。

看着想着，敏不自觉就把这一群家雀儿，看成常在家门口老榆树上落着、叫着的那一大群了。

那一份情，定格在胭脂河畔

胭脂河畔的乡村

倘若来的时候正是初秋，路边树上的枣子艳而不俗的脸儿，正笑着迎你，晶莹的美感即刻从心底涌荡而出。此时的你，便会很知足地对自己说："已经不虚此行了。"

刚翻过的二十世纪九十年代初那一页，在太行山恋恋不舍地卸下绿衫、胭脂河也无奈地素裹自己身躯的时候，一纸调令将我分配到了那个依山环水而居，整个乡村被树木包绕、无比清美，却没有一点儿感情的地方。

说不清因为什么，我们当地当年全部的毕业生，无论是什么专业，无论什么理由，一概分配下乡，我自不能例外。本是城郊的家，却去了四十里地以外的乡下，做了这个乡十八个行政村唯一的一名妇幼医生。没承想，一待整整十年。这十年间，我的心灵也被这一方水土毫无保留地融化了。这心、这情也牢牢地系挂在了这一方水土上。这里成了我真正意义上的第二故乡。

亲近这一方热土

父亲开一辆农用的旧三轮车送我，黄土路面上一路扬尘飞腾，不知拐了多少个弯儿才到了要去的地方。报到完毕，父亲临走时对我的嘱咐是："不会做菜的时候，就凉拌白菜。把白菜细细地切好，放开水中烫一下，再冷水中过一遍，放姜丝、醋，点几滴香油，拌好即可。"从那天起，我没有了父母做好了就吃的时光；没有了在学校拿着饭盆儿就能吃到饭的时候。这里，仅有一名护士帮忙，要求我一个人开展工作。一个人的生活也从此开始了。

这里，更是我迈开双脚步向社会的第一站。

虽说自小也生在农村，平日里除帮父母做些事情之外，并没有和土地如此亲密过，也没有在这样的环境里如此这般地续写着关于自己的"传说"。带着一种不知所措的心，开始了我的工作旅程和心路历程。

虽说离县城不是很远，却还是算作偏僻的。综合文化方面和城里相比，落差尤为明显。村里人文化程度不高，多是初中毕业。但他们对知识的追求远远地胜过了他们的祖代，都在一心一意地，想把自己的孩子培养成才，培养成大学生，好走出这个地方。

这里多数的女人要种地，管家，管老人，管孩子。男人们除了干地里的活以外还要打工，以赚取一个家的各种生活费用。那时，这块土地上的人们的生活方式简单明了。他们更不习惯穿着时髦的人在眼前晃悠，确切说是不屑，骨子里有一种天然的排斥。我曾亲眼看到一位大婶子，因一个女孩子刚从理发店里出来后，遇上了，在看到左右耳旁有两缕奇巧的头发时，就开始指点着她大笑，笑着笑着，竟站不稳了，一不小心掉在了身后近二米深、有些坡度的沟里。可见，还是在见怪的年代，确切地说是文化差异、经济差异，使得新的观念在这里没有土壤，和我所生活过的家乡与上学的城市相比过于明显了。

一方水土养一方人。既来之，则安之，一切只能随俗。

在一个个心与心渐渐相融、相容的日子里，我放弃了城里人的打扮，放弃了平日里说起话来有板有眼的方式。最直接、最明了的相融方式是放弃了所有的成语、词语在我语言世界里的应用。这里的乡亲们，爱听土话，爱听实话，爱开玩笑，想要表达成语的意思，也要通俗地解义后再说，直到现在一看到那些乡亲们不喜欢的语言也有一种怪怪的感觉，认为还是放弃的好，质朴一些好。话说回来，你所说的每句话，所表达的每个意思，他们都懂得。他们深深懂得成语背后的道理。懂得忠孝，懂得仁义，懂得礼信，他们都懂得。虽说他们不能完整、准确地表达这些成语，但他们却在遵循着几千年来祖先传下来的礼训，不折不扣地做着，行着，尽管他们真的不能说出所以然来。

这是一方热土，更是一片红色的土地，英雄的土地。在战火纷飞、秋风萧瑟、落叶飘零的年代，这里有许多在战争中牺牲了的英雄，有许多可歌可泣的故事在人们心中流转着，这也是在史册上曾笔墨厚重地书写过的，晋察冀革命根据地的一部分。

一位依然和当年一样精神百倍的陈继和老人，曾是边区群英会唯一健在的英雄模范。他曾创办了民校，教育、引导当地的农民学习文化知识、科学知识，在当时边区文化教育事业中做出了很大贡献。《晋察冀日报》上发表过专门表扬他的文章——《模范民校教员陈继和》。我曾在县里一个编著晋察冀抗战史的同志的文章中，读过这样的一段话："陈继和自小就耳朵背，外号'陈聋子'或者'和聋子'。贺龙同志曾遇上'和聋子'，大声说道：'你是"和龙"，我也是"贺龙"，咱俩"对点子"！'惹得陈继和哈哈大笑：'是啊，是啊！'"

这位共和国的英模精神矍铄，爽朗地笑着。

那些为了革命、为了战争牺牲的数不胜数的前辈们，史册上认真地记载着他们，在这片土地的上空激荡着他们不朽的回音，他们永远属于这片英雄的土地，他们与这片土地共存。历史不会忘记他们，人们也不会忘记他们。

感动　相融

掩映着迂回小路的枣林，一片片，一沟沟，从越冬的干枝到棵棵挂满枝头，留下了我们匆忙而过的身影。曾配合过防疫医生的工作，骑着自行车为乡村小学校里的小学生们接种疫苗。“崎岖”这个词是那个时候才和书上写的概念彻底吻合了。路边的野花记不得是什么样子了，一路跋山涉水的时候常常有，有几个村是库区，要想去，必须沿河沿水行进，在雨季，一脚深一脚浅，那种几欲放弃的难走可想而知。忘不了那位现在已白发苍苍的老院长，由于胃病在走一段路的时候就要弯下腰，放好自己的自行车，用手抵到胃区，稍息片刻，继而再走，再走。可每到目的地的时候，他总是一脸笑意，似乎没有丝毫可以让他不接着工作的理由。说这里是山高水长一点儿不为过，可却没有江南水乡的秀美雅致，没有江南水乡的青竹幽韵，有时一段很短的沼泽走过去了，还要再爬一段颇为陡的山坡，上山，再下山，上山要用身体负着自行车的重量，在你走到山顶，认为好不容易要下山的时候，却是那种骑着自行车根本不敢走的下坡路。坡度太大了。一个个的乡村被我们甩在身后，直达要去的一所小学，然后再去另一所、另一所。到现在，我才真正体会到这些经历，是一笔财富，真正的财富。

胭脂河畔的乡亲们有着天然的、纯真的美质。不能忘怀那天，村子里落日的余晖还没有消失殆尽，家家的屋顶上炊烟正袅袅升起时，一位婆婆找到了我，说她的儿媳妇要给他们添孙子了。那是个第一次生孩子的妇女，因盆底肌肉坚韧，弹性不好，导致了产程过长。以前只在书上学过，这也是我见到过的唯一一例盆底肌肉有着如此韧性、没有足够弹性的。我对产妇实施了侧切，在手术剪子发出另类声音的时候，她的婆婆抑制不住失声痛哭起来。手术于我没有什么大惊小怪的，司空见惯没放在心上。虽说他们对于专业知识不通，可对于他们出于本心的爱，骨子里的那种沉淀的情，你没有理由不震撼着、感叹着。也不例外，那一剪子也许剪断了婆媳之间永远的结。

恍惚中是那个盛夏的正中午，那位高高的个子、一脸沧桑的中年妇女，前来就诊，我跟着她的自行车，径直十八里地，一路去了她的家，她的丈夫久病卧床，肺结核还有并发症，营养状况也不是很好。

燥热的六月，正值中午，走在柏油路面上感觉自己像锅里的蒸饺，闷热、喘不过气来，心里只盼着早一点儿走到她的家。那位妇女走在我身后，稍一会不见她，已经拿在手中一瓶橘子汁。那是一瓶难以下咽的橘子汁，黄澄澄的，眼看着这瓶黄黄的东西，因为渴，我也想一口气喝个底朝天。可是，我喝不下去，他们的一双儿女也许还没有尝过橘子汁的味道，叫我如何张得开口，如何下咽呢！我能忍得住干渴，却忍不住心底隐隐的痛。作为一个人人认可的医生，我的心此时此刻，没完全落在那个病人身上。我还想到了那个女人肩膀上的沉重，我在想着她过早生出的白发，她一如既往地给这个因病而贫的家、大大小小的家庭成员带来的笑声。不随星移斗转，那一头白发，那一脸坚毅此后定格在我的精神世界的上空。

也许就是在那个时候，我的生命里已渐趋存储了一笔不小的财富，于我后来近二十年的生活中，替我理顺了许多东西，导引着我的人生航向。在面对世事纷繁时，眼睛里看到的不再仅仅是物理学的存在，而我从此有了一件素雅的、能在心底得到清洗的心灵之裳，对于当时的我来说，并没有过分在意它的存在，也是在后来的岁月里，才深深地感觉到的。

一次次这家走进，一次次那家走出，我生命中的某些东西在悄然起着化学变化，和这片土地的情也一天天深厚着，凝固了。这块黄土地送给了我非常丰富的那一笔精神财富，给了我无声的教育，使我褪掉了年少的轻狂，对于普通人家的冷暖不再视若无睹，真真地、深深地懂得了人世间的悲欢离合，醒悟了一个个在苦难的历练下才能成就坚不可摧、丰富仁爱的心灵，明白了自己，虽然不能做成大事情，内心却从此不再贫穷。这于我，终生受益。我感恩着，深切地感恩着这块土地和这块土地上的人们。

美好时光

不顾春寒料峭，河边的柳枝早早伸展了腰肢，长出了嫩黄的叶芽儿。杨树的干也越发的精神了。河水不再泛白气，河草也在悄悄地生长着。极端柔软的小路上来往着不多的几个早起的人，往地里弄着一年用的底肥了。一两声招呼会打断这个清晨的寂寥，“早起来转转啊!”笑一笑，回一声，“是啊！你们更早啊!”便是我送给他们最满意的回应了，也有在这时直接走进病人家的时候，固而不得不结束晨练。这里的人，都知道，在早上或者晚上找不到我的时候，到哪找。

夏日里长长的沙堤儿，绵延几十里阻隔着洪水的泛滥，也成了接顺这十里八村的纽带。长堤的下面，一边是绿绿的麦田，一边是令人神往的胭脂河。青青的芦苇荡身边有至清的水、至尊的青山、至细的沙、至诚的心灵。在此时，你会一贯地连续想来想去，和着胭脂姑娘的缠绵悱恻的情感，最终想到，他们是有缘缩在一起的，是那样精致得切合着，俨然一幅无可比拟的无价美图。画上那一份生机，那一份坦然，悄然打造着原始的美丽乡村。

夏日里知了的叫声如期而至了，盛夏的夜晚的知了牛也是当地人们热衷的对象。简单一把手电筒，在夜幕将临时，拿一个开口的瓶子，尤其是在雨后，这里的黄土地变得松软，在地底下的知了蛹虫也感觉到了地面不再坚硬，便钻了出来。和着潮湿的空气，在树下，在屋角，在田野里的空地上，忽现的微光无数，闪着，那一堆堆的人群里也有我执意的儿子拉着我的身影，往往，是能够逮到许多了，在用盐水浸泡一个晚上之后，可以食用了。儿子在过去多年的夏季还说，要再去，再去打着手电筒找来那么好吃的东西。是他忘不了那趣、那香味，还是忘不了那一方水土的天然，我就不得而知了。

麦子丰收的季节，在一张张充满喜庆的脸上，你看到了饱满的麦粒，你读到了他们心底的欢喜。这时便会尝到老乡们送来一个个青绿色的四角粽子，一边尝着一边叹着屈大夫的挚念，叹着他的心在于国于民后的寂寞，叹着他为臣为人的忠贞。总是东去了，这条河的水，也一定和汨罗江的水合而为一了吧。

年前，家家会杀掉养了一年的那头猪。然后，我们便成了老乡们家里的座上宾，人们都是预先嘱咐好，还担心着别的人家说早了，说重复了。年的气氛在一盘盘红红的大肉中拉开了幕帘，这也是纯朴的乡亲们对我们一年来最热忱的回敬。此景永驻，此情永驻，百家的饭菜滋补我的脚力，涵养了我曾空洞的内心，这情我记着，永远记着。

年后，也是这片土地上的人们最为开心、最为热闹、最为放松的一段为数不多的休闲时光。多是从正月初三开始，有雪的日子，这一切就更鲜活了。女人们穿得红红火火，彩衣彩带，笑逐颜开。男人们奋力打着锣鼓，喧天的鼓声伴着喜庆的秧歌，还有几声零碎的鞭炮声，人们笑着，舞着，孩子们也在后边跟着，学着。此时，原本单调的乡村有了如春的妩媚，有了如夏的耀眼，无边的喜庆编织成的旋律，在这里以他们独有的形式存在着，张扬着。透过没有树叶子的树林能看到远山，那份静默，不亚于一个正静静欣赏这一切的、安详的老人。

再回首

十年前离开，再一次踏上这块有温度的土地时，是在上级领导指示，各单位职工要下到农村，积极帮助在外打工的农民家里抢收小麦。我们单位的包片儿正好是那个日思夜想的地方。在单位我便不能抑制自己心情的激动了，下意识地张开自己的双手，看了又看，看这双手为那家人，确切地说，是为那块土地能不能多做些什么。

虽然说许多年没有拿过镰刀了，这可是个机会，一定要好好帮一帮他们，尽管时间不是那么多，几个小时也能割不少的麦子呢。从小练就的自认为无比敏捷、灵活的双手，在此时也不例外将它的作用发挥到了极致。用尽所能，我在帮那家的老人、女人收割麦子，在心里，是一种对这块土地的回报之心，是一种难以形容的情感支撑着我的手臂，给予我足够的力量。

干完活儿，用胭脂河的水洗把脸，再用胭脂河的水照一下自己，看得清清楚楚了，那一份情，在不知不觉中定格在了胭脂河畔。

再后来，随市里的工作组来过一次，这里已成为稍具规模的蜜枣生产基地，有了许多家庭作坊。当地的人们学会了经营，学会了创收，从树上打下来的枣子不再放着，不再等买主赏几个价钱算几个，而是把它加工，包装，有了生财之道。有山吃山，有水吃水，这里有成片的枣林，有枣子，人们真正知道了，学会了怎样才能生活得更好。从这里走出的大学生也日趋增多。人们笑了。

仿佛，又听到哪个老乡急切的呼声；仿佛，又看到哪个老乡笑眯眯地为我送来了新鲜的蔬菜；仿佛，又看到了哪家丰收了红枣正毫不掩饰地笑着；仿佛，又看到春日里的胭脂河水澄澈无比，映着晚霞缓缓东去。而我的身影，则漫步在河边的大堤上，托着自己的心，面对着这片恩泽过我的土地……

游离在生活秩序之外

一股毫无自我意识的缥缈的烟雾，先是被一股气流任意吹送着，混入了空气当中。而后，就理直气壮地顺着呼吸道，再经气管、支气管抵达了肺泡。到达肺泡之后，由于找不到继续前行的通路，这些早已改变了形状、夹带着几千种有害物质和细菌的气体，一时不知何处安身，于是性情变得躁动不安。

此时的我，就开始了剧烈的咳嗽。整个人无力反抗，无助地抖动着，仿佛要把五脏六腑摇晃出来似的。即便这样，这些烟雾并不罢休，仍在持续探寻，东撞西撞。不断受到侵扰的支气管，不由自主引发起强烈的反抗式痉挛，一次比一次猛烈。最终，一种比汽笛还要细长的声音，终于从受阻的狭细地带，破腔而出。

我患上了过敏症。

具体地说，是对烟草过敏。过敏症天生就有，因为从小在无烟环境中长大，工作单位也极少有人吸烟，所以，几十年以来，只有不得已吸了二手烟后，睡到半夜会因急性扁桃体肿大，爬起来赶紧服药。除此之外，并无大碍。

一个人轻敌莫如我，时间一长再长，就小看了这过敏症。

平生第一次，在一个七八个人吸烟的公共场合，连续、被动吸烟十余天，从无间断。我实在想象不出，我的呼吸系统究竟受了多大的委屈。在忍无可忍的时候，继发了支气管的毛细血管破裂，出血。从这天开始，这咳嗽，这哮喘，如影随形，黏上了我。每当这时，开始联想临床见到过的肺源性哮喘病人。会和他们比较，自己是不是和他们一样了？心下便一阵恐慌。

因了肌体对烟雾强烈的拮抗作用。不再是吸入过多，才会喘，才会咳。而是只要路过的一丝丝的烟味儿，也绝不会饶恕我。如此，反反复复，丝毫得不到缓解。我也因此由对烟民们轻而易举的躲闪，变成了一种主动的、十足的抵抗。直到一种进口药物出现在我的日常生活中，服了近七个月的药之后，这种难以抵抗的过敏症状，才得以慢慢缓解。

许多事物之间的距离是看不见的。就好比现在的我和这一支烟的距离，纯粹变成了和整个世界的距离。因为要远离烟的侵袭，远离过敏原，远离撕心裂肺的咳嗽，我不得不困在家里，游离于正常的生活秩序之外，一边治疗，一边调养虚弱到不能操持家务的身体。

首先感觉到距离的是家人。爱人是烟民，他眼睛里看到的绝大多数人，也都会浸在日常的烟味当中，而身体却没有变化。对于我的过敏症状，他是不屑一顾的，一而再，再而三，他充斥的是抱怨和不可理解。甚至在我过敏性哮喘最严重的时候，还允许客人在家里抽过一次烟。说等我回家时，就从开着的窗散光了。一个离不开烟的人，和一个对烟过敏的人之间，有了无以言说、无法形容的距离。我只能选择沉默来承受病痛。沉默的同时，也开始慢慢思索和眼前世界的关系。

生活的小县城里，标示着戒烟的场所并不多，大多数还是虚晃一枪。因为肌体无力抵抗的过敏，排山倒海地一次次来过。时间一长，对所有见到的“禁止吸烟”四个字，产生了从没有过的特殊感觉，是看见了保护伞一样的感受。年幼的孩子因为爱，用稚嫩的小手，也在墙上写下了这四个字。

几步可出屋外，楼厅里是人们常吸烟的地方。转身上电梯，轿厢里的烟味儿比外面要浓上百倍。单位会议室里，憋不住的烟民更是旁若无人，神仙一样。现实是，你根本无法阻止任何一个人不抽烟，和你无法阻止一个人不吃三餐一样。过敏是一个人的事情，你身边的烟民则是大多数。从家人开始的抱怨，是让我明白这个道理的开始，也彻底认识到了自己的悟性到底有多差。在生活的周围，一个人与烟民为敌，不亚于和整个世界为敌。

不知还有多少人和我一样，对烟草过敏。曾到一位熟识中医的诊室，我和他反复强调我的过敏症。他表示理解，并说，他的诊所是禁烟的，因为你不知道哪一天、进来的哪一个病人对烟过敏。一口烟不要紧，会让一个病人咳嗽个不停，那种剧烈的振荡气管引起的咳嗽，严重的时候，能咳出血来。可是除了真正换位思考的医生，除了也有过类似经历的人群，又有谁能设身处地、认真考虑这个问题呢？

我所在的单位曾有百十号人，只有几个人不抽烟。一年不是时间，二年不是时间，十年就是时间了。那几个不抽烟的同事的脸上，是一种从肌体内部透出来的鲜活的生命之色。

实在不愿走出家门了。因为电梯里的烟味，就足以让人窒息。你不可能规劝在电梯里遇到的每个人。而那些烟味也往往是你走入电梯之前，就已经充斥足了。为此，我开始害怕出门，害怕开会，害怕遇上烟民们不以为然的烟味。令人惊奇的是，我发现烟民的数量，比以往出现在眼睛里的，多出了上百倍。不止肉体上承受，还有心灵无以为依的恐惧。因为每一次的烟味，你都会重新体会一次那种剧烈的可怕的咳嗽。还有哮喘，偶发的哮喘会让大脑一时缺氧，思维停止一样的无助。更会让你在药物控制下，依旧持续咳嗽上十天八天，或者更长时间。

像是生活在地球上的异类。久困家中的时候，开始联想那些躲避不了的烟雾似乎又向我飘了过来。除此之外，什么都不想了。工作，读书，统统抛在了脑后。囿于一室之内，满脑子想的是，怎么样活下去？

长时间以来，受到无尽的烟雾困扰，以及所有不可理解的漠视，一方面让一个人的精神无力地蜷缩着，像一个越缩越小、与世隔绝的生物体。并开始抱怨这个世界，是曾经的哪些经历，导致我成了现在的样子。我变得有些不认识自己了。

还是去了许多公共场合。

会场上，没有人因为你过敏而忍耐着开一个会，于是感觉那个自己吸烟让几十个人受害的人，是多么不可理喻。在医院收费窗口，为住院的母亲交费拿药，一个七十多岁的农民大伯竟然在排队时，捏着一根烟。坐同事的车子，乐呵呵的同事会在我上车之前提前抽上一根。孰不知，这种时间差，并不能消除一丝我对烟的敏感性，还是会剧烈地咳嗽起来。可我明白，同事显然认为已做得够好：我在车里的时候他不抽，抽过，才上车。和朋友聚会，朋友说，我会告诉他们，不让他们吸烟的。可是，一方面出于礼貌，不好意思开口阻止。另一方面，在重度过敏和普通生活之间，大多数人在意识层面还是选择后者。太过敏感的，是一个人的肌体状况。对此，你还能要求什么？

整整一年半，无数的药物灌溉过我的肌体之后，我终于不再怕烟。不再看着那些抽烟的人们长得丑陋，还令人愤怒。几次，在几个有烟的场合度过了几个小时，竟然没有咳嗽。一次也没有。

我欣喜若狂。

终于和这个世界的距离，又近了。我终于在抽到二手烟的时候，不再咳嗽了。

我不知道是不是应该庆贺?!

原来那个远离烟、远离这个世界的人，又回来了。我的人连同我的气管，又成了以前的老样子，可以继续无条件地忍受烟雾了。

恍然间，此时的我又是一个正常人了。和这个世界的距离，又缩到了最小，甚至将自己完全、重新投放到了眼前的这个世界。

透明的秋天

一

觉得用透明来形容秋，再合适不过。

爽爽的秋风轻拂，夏的迷雾漫散在蕴含着无边绿意的青山中间，再无影踪。伴着清晨上山时轻快的脚步，心情亦顿感畅美，言不出地舒顺。抬望眼，抖落一身尘雾的白云朵朵，亦在湛蓝的天空下，现出不常有的三维画面。

透明的天，透明的空气，透明的青山，还有青山间透明的、运动着的张张笑脸。一切皆那么清朗、押韵。眼前的世界，色泽生动无比，晶莹剔透有加。

几天前还是热浪劲袭，也曾挥汗如雨。也曾在一阵雨水过后，在雾蒙蒙的天际下与湿热对决。登高时，极近处的景致也难以分辨得清，难数得清在这湿热的雾气中，究竟有多少颗灵魂在接受心的历练。

多快啊！

清爽来了。一切都透明起来，在与漫长的湿热抗争过后，一切都有了结果。

来过的，没来过的。得到的，失去的。

都数得清清楚楚。

二

偶翻开一本旧书，竟有一片发黄的银杏叶片，安睡在书页间。

想起它了，是三十多年前的清明节，到烈士陵园扫墓时，曾用稚真的小手顺手摘下的那一片。

虔诚地，轻拿起它的叶柄细细端详，而今的它，色泽古旧，脉络却更加清晰。几十年在书页间的岁月让它变了颜色，却无法更改它生就的纹理和性情。认真地闻一闻，一股隐隐的暗香，顺着嗅觉通道，沁人心脾。依然在叶间潜藏着的，是它不改的初衷，也是它明明白白、本真的存在。

联想到人，也是几十年春秋走过，没有重新修整时间大堤的能力，却能用心在经年的过往中，植下芳菲一片。或许，在雨后的某个清晨，能和着泥土的清香，送进心田一份安逸的上等闲情呢！

三

田野的心情，又要热烈起来了。

秋天，秋风，秋雨。这些昔日与秋相关的字眼又盘旋在了心的上空。秋的多彩、秋的金黄，秋的真实，最心动。

而年近不惑的我，才真真觉到，秋就像在放学前，老师曾用心布置的一道道算术题的答案。透明透明的答案，让同学们一个个，再不相同。

而自己，是那个做对了题的学生，还是那个做错了题的学生？

面对着天空的清净无瑕，面对着秋天的答案，这个问题，我真的没有解。

我只顾着低着头走路了。才明白要远远地看看，再想点什么。

秋天是要经过好几个季节，才能到来的。哪能一眼看到秋？哪能只顾着秋天收获的多少，不顾季节变换的旋律呢？

且行且歌，秋自会多姿、丰饶。

一切皆如秋般的透明。

年味悠悠

年的味道从四面八方飘然而至，慢慢在眼前聚积着，堆砌着，色彩斑斓着。倘用心，你一定会看到年的身形，也正匆忙着，向着心的方向快步走来。

看吧，从各个方向赶往县城的人们，已在摸黑的早上挤上了开往县城的公共汽车，各自散在了各个角落的商铺里，或小吃部的桌前。他们正为了能从城里取回或填补年的记忆，憨实地笑着。他们还小心地防备着，不能让小贩们多赚了自己的钱，一簇簇这样的想法和眼神儿，正打量着似乎新认识的这个世界。

这些或陈旧或新生的思维，在他们的心里汇集成一条浅浅的河，一条能经年流淌的，有着不绝河水的年的河。

他们的心里，给年拉的单子，条理清晰，有章有节。家里老人的，老婆孩子的，吃的，穿的，用的，都要考虑到。还有，一定要买几张把年装扮得好看的年画，还有不买什么也要买回的红鞭炮和两响。没有鞭炮声，哪叫年啊！到时候，村子里的响声，可不是一起放出来的。人们都在听着，在看着，在比着。

年的旗帜，就在这年集上，激情地张扬着。我再走那条上班的必经之路，便会和去年一样，和前年一样，和再前年的前年一样。人流如织，各种相差很大的地方口音，东一句，西一句，自然地泛在年的潮水中，弥散着相同意义的，应该被称作人们最内心的物质存在——关爱。

我用欣赏的眼光精心打量着这一切。要时时挤在人群里，上下班的我，便听到了旋律丰厚、纯朴真实的关于年的长长的初奏。

二

生活在童话里的儿时，年是一颗心自由地跳动，是那样生动多彩，无拘无束，梦一般甜美。

年来时，可以不用再担心母亲会吩咐过多的家务活儿，可以和村子里的小伙伴们一起忘情地玩啊玩。

盼望已久的年，终于要来了。穿一身母亲亲手裁制的崭新的红花衣服，梳好两条对我来说已算很长的麻花辫，和平日里常在一起玩耍的小伙伴们一起，或到小河面上滑冰，跌倒爬起，爬起再跌倒，反正有母亲做的厚厚的棉衣垫底，是摔不疼的。会一直玩到分不清是冰升华的热气在打转儿，还是我们一群“不是货”嘴里哈出的热气在打转儿。也会跑到村子里，利用干柴火垛的优势，捉迷藏，直跑到精疲力竭，才会回家胡乱吃些什么，然后再继续玩。玩是玩不够的，总觉得小时候没玩够，自由时间少，现在回想起来，那种想跑到野外玩的心，还会猛涨。

最喜欢的是看村子里各家年前买回的年画。一群小伙伴会从村子上头或下头开始，一家挨一家，看哪家新贴了不同的年画。从这一家，到另一家，什么也不说，只管快快地跑着，快快地看着，和同往的小伙伴们叽叽喳喳议论着，哪一家年画最好看。

当时所说的最好，现在想来，归纳一下，无非是按我们看到的先后顺序和整个家色彩布局对视觉的冲击而定。一是没看到过的，二是色彩明快，吸引眼球所引起的好感。高高低低，错落而建的大小院落，钻胡同串巷，盘埝阶登高，一阵风似的来回着，从不想落下哪一家。说来四十多户人家，也是要跑好半天的，可是，在脑海里却刻录成最鲜明、最富有动感的记忆了。

母亲爱买的年画是一幅一幅的四扇屏，那些充满了爱的、恨的、美的、滑稽无比的各色故事，也不例外在这些四扇屏简单的情节整合、描述下，在心海里泛着对世事善恶最初的波浪，并渐渐扎下根来。《花为媒》《打金枝》《女驸马》《卷席筒》，等等充满着传奇色彩，充满着爱恨情仇，起伏跌宕的故事情节，荡漾着的情感波涛，至今滚滚。

而今，家里不再张贴那些诱人的色彩斑斓的年画。最多有本挂历，还是满怀心事的样子，在角落里慢慢地数着春秋。年的味道，也随着年岁增长所带来的对内心空白的惶恐和惭愧，渐渐冲淡。时而一两声长长的叹息，会超过年时鞭炮的响声。

也幻想着那些色彩艳丽的年画，依旧让心律动不止。可是，街上那些卖年画的身影，哪儿去了？

幼小的心灵甄别真善最原始的标识，是那一幅幅多彩的年画。

那些童话般的日子哟！

二

真正能识别出年的笔顺时，再闻年的味道儿，从此不同。

随日月消长，告别了稚嫩。岁月飞逝所带来的，是对年的淡漠，以及产生了因虚度年华所带来的恐慌，也是事实。忙完单位的工作，等待着可数的几日年假的来临。它来了，为年准备些什么，为年忙碌些什么。

此时的年，是在心还没来得及体会时来的，是在没来得及看四季交错时来的。

年，就这样来了。

老人们的心里是合家团圆，是为了孩子能在年时盛开礼花般的笑脸。孩子们的心里，年是成长，是新生。我们成了昨天的父母亲，会通过一种仪式，把祖上几代宗亲，请到家里。在日日三餐之前，供奉一些饭菜，让人不要忘了祖宗。除夕之前，不管要忙到何时，都要清洗所有的脏衣服和家用的东西，不能有一点污渍。到大年初五，是破五，要送。要把屋里所有的垃圾丢掉，要把所有的脏衣服清洗干净。现在认真想一想，这种简单而神圣的仪式感，是一种传统，也是人类精神世界里最隆重的辞旧和迎新吧。

担当起了与过年相关的所有重任，为了年，为了笑，再累也要承接祖辈过年的传统，按部就班地做些什么。

吃得好穿得好相对容易，再也不是话题了，但并不是老人们最大的心愿。在年时，老人们最喜欢和他们的同龄人，唠起家常时说说孩子们，那张张如菊的脸庞，会在这个时节开出花朵，他们最想看他们日渐老去的生命，得以新生。所以，年的红火、持重、圆满，并不是一两声鞭炮声所能震响的，并不是韵味十足的对联所能彰显的，并不是美味佳肴能烘焙出它的独特。它需要一种温情所依附的强大力量得以支撑；它需要递接一种愈演愈烈的精神；它需要全家人共同撑起一根象征力量的年的柱石。

婆婆年近八旬，按她自己的说法，她膝下的孩子已经有三个读了本科大学，剩下的几个孩子也一定能考上，看这日子过的，想都想不到啊，能过成这个样子。我在村子里是数一数二的。语毕，她心满意足的笑声，会让山林间所有树木的情绪受到强烈感染。

不论是家，还是单位，年底都会结账。婆婆每年在岁末，在她的生日、除夕那天，也会小结一下她心底的那本账。在那本日渐鲜活起来的账本上，伴着她的笑声，年的味道更浓郁了。

我们在笑声里，体味着年的味道，清香悠长。

总是去安慰

看到一篇关于医患关系的文章，不免让医界朋友们进行了一次心灵的颠簸，于是，也随手写了些心里话，算是供医患“共勉”。

刚踏入“医”字门槛儿的时候，校训是传统的医德教育，一整周的时间，都在讲医生和患者、医学的现状、发展，做医生必备……听到最后几天的时候，竟对医学的严肃性，产生了敬畏之感。淡淡的惆怅自心底萌生，莫名其妙的责任感便在内心生长着了，而且越来越茂密。

见到了生与死在医学上的真实，是最初的解剖课上，浓浓的福尔马林的味道，让我们无数次从掩鼻而视的后退、到坦然面对时的争先恐后，对于人体的秘密，有了最初的认识和了解。

从显微镜下的微观世界，到课桌上在同学手中传来传去的骨骼样本，再到站在教室里的人体骨架，每一点都是医学生的必修课。不仅仅是从一个细胞到一个人的进化过程中，对生命的认识，而是基于医学理论之上的，对于生命的礼拜，也正式开始了。

做护士的，第一针在自己身上试扎；做医生的，听诊器第一次听到的心跳声是自己的；学中医基础理论，银针更是无数次穿透肌肤。所以，每一个医生、医学生都知道，尽管治疗手段时有痛苦，他们的心也在跟着痛，他们的针的深浅是有度的。于己，不能出意外；于心，不能有难以承受之痛。所以，更是心中有心。

医学生的实习更为特殊，有专职的医生带，各负其责，每一张处方都要老师审查，亲笔签字才生效。只有当老师认为，该学的都学到了，再加上理论知识水平、自身定力、动手能力综合在一起，认为确能胜任时，才会把一个实际的操作，交给他的学生。尽管他还不太熟练，却是医学老师要承担的一份很重的责任，这个时候，医学的传承才能得到认可。首次操作时的汗珠，是对病人百倍责任感的见证，所以实习学生的脚步是坚实的，这在医学上是必然。

无数次的历练，多年的理论学习与临床实践相结合，才能成就一个医务工作者。他能独立上岗之际，就是能承载病人痛苦之时。在你的痛苦输送到他内心的时候，他已经正为你描绘着一个图谱，那张图会记录你在医院的点点滴滴，那么用心，那么用脑，回了家他也会拖着疲倦的身体想着你，明天可能怎么样，后天又会怎么样，今天和昨天对你的治疗、对你用的药，是不是还有什么不妥的地方，哪怕只是一丝一毫，他也要想来想去，直到把脑中存的所有病人，都想上一遍。再看一看最新动态，是不是还有更好的方法，几尽所有的时间都在医海翻腾，和唐诗、宋词的韵味比起来，不知要枯燥多少倍。他们加的班是无数的，他们是在用心追索医道，佛之“慈悲”，道之“上善”，儒之“亲民”，皆为“仁”。我认为这个字用在医林，当之无愧。

医院的科室管理是体系化的。从科室主任到一般人员，从护士长到护士，分工严密，有条不紊，各司其职又相互配合，来不得半点马虎，对于重症的病人，是要通过科室主任参加的会议、经过全体讨论才制订治疗方案。对于没有一点儿把握的病人会考虑转院或者请上级专家会诊，各个环节是相辅相成的。所以你不用担心哪一个医生，会置病人的生死于不顾。在你的名字写到他的病历本首页上时，你便住在他的心里了。除掉个体的不可能外，他会想尽一切可能，没有一种情形可以让他的心稍有不慎。你成了弱者的时候，你碰到的是绝大多数都能全身心投入的医务人员。

对于医疗制度改革方面，我始终和以往的种种进行比较，也想不出怎样准确无误地表达这个问题。医疗制度中的执业地点、执业范围和生命的存在意义之间有了距离。记得在基层工作的时候，有一天，夜色刚刚散去，我正在晨梦中尽兴地游览，院子里急匆匆的一问一答的声音闯了进来。

“我叔叔好像中煤气了，快起来，去给看看吧！”接着便听到了那个刚分配来的小伙子带上门、往出走的声音，我一个激灵，在自己屋子里大喊起来：“小刘，你不要只信他的，备好氧气、甘露醇液体再带点儿高糖，我和你一起去！”我几近失态的呼喊和迅捷的起床速度，让那个专职做内科的小伙子“醒”了过来。我们一气儿跑到那个人家里的时候，那个老人果真是我想象中的脑疝症状，十分及时，二百五十毫升甘露醇急匆匆地进到那个老人的血管，氧气也徐徐地到了它该去的地方，我们已争取到点滴其他药品的时间了。

一个生命因此得到了挽救，至今那个老人还健在。在当时的条件下，一场生命争夺战的输赢，绝对地，在于医生的一念之间。没有哪个医生会在生命的紧要关头，先想到自己。

医生、护士面对一个生命时，曾经不计其数的医务工作者在情况紧急时，伸出自己的胳膊，将血无偿输送到病人的体内。第一线医务工作者的生活，永远没有规律可言，我的孩子五岁时，就说过一句话：“妈妈，我长大了可不要做医生，太麻烦了。”当时我听得震惊，听得心痛，这话竟出自一个孩童的口中！

麻木不仁者确有，当属医林赘生之类。

说到医学的“情”，是不同于生命个体中任何随意宣泄的情的。它在和生命相扶的进程中，背负的特殊使命，决定了它的存在方式。每一个医务工作者都有对病人的怜悯和同情，只是表现形式不同而已。

十年前，曾替护士为一个八个月大的孩子扎静脉，本已腹泻脱水的血管不比寻常，那位母亲情绪激动，一边流着泪，一边把孩子的小脚丫放在嘴里，不停地吮吸着。自己当时也有了孩子，外表坚硬的我，心一时变得无比柔软，一份天然的母性的爱，随性而至，拿针的手就和秋风中的叶子一样，开始瑟瑟发抖，一连三针都没有扎中静脉。孩子的母亲则由最初的慌急，变成了恼羞成怒。无奈之下，我将内心一部分爱无情驱逐，认真地看着孩子母亲的眼睛说："让我再试一次，你好好配合，不要再哭，行则行，不行则罢。"这是记忆中唯一的一次，与自己打赌，片刻之间抛开了血肉之躯的概念，眼里没有了婴儿的娇柔，只有血管、针、液体，和必须要做好的每一项工作。结果，非常顺利。

医务人员是有情的个体，在此时，情感的存在扰乱了正常的思维，继而影响动手操作的质量，先注满了感情，再如电脑编程般地处理急诊病人，是不会和谐统一的。为什么会有"医生不治本家病"一说呢，在感情支配下的特殊工作和必需的冷静面前，后者，显得尤为重要。

作为病人，你手中的手机、录音笔是扼杀医生心灵的匕首。你的行为在医生眼中，变成了一首悲情音乐的前奏，禁锢了医生的思维，高速运转的头脑，使他变得谨言慎行。此时，何谈发展，又怎能创新，固守信念的你眼睁睁盯着法律的版本，胜过了规整的"絜矩之道"，变得"正统而严谨"，鲜活的行为，在此时戴上了沉重枷锁，心在此时迟疑不决，一切便只能在公理之中顺序运行了，再不偏离它存在的轨道。

如此，即便能有的一线生机，也会在众目睽睽之下，变得越来越苍白。

作为相对的弱势群体，当走进医院的一刻，你的医生为你准备好的治疗计划，是和你紧密关联的。同时，也是这名医者在所学中提炼出的最精华部分，此时医者的心血，会全部投注到你的生命之中。

他能，会告诉你，以前这样的病例治疗效果都很好，试一下吧；他不能，则会向上一级的医师请教；绝不会像一辆没有目的、随便兜风的车子一样在你身上进行治疗。虽然你的车子可能中途刹车失灵、可能有故障，但医生的背后，有时刻待命的特殊组织，会及时、系统地处理问题。

长眠在纽约东北部的撒拉纳克湖畔的特鲁多医生的墓志铭，中文翻译得简洁而富有哲理：有时是治愈；常常是帮助；总是去安慰。虽说你绝不是只交在了一个人手上，可由于缺乏精湛的医术导致生命个体的流失，会让一个科室所有医者的心中留下永远的痛，这种痛即使你拥有超常的思维，都无法估量。同时，因生命个体之间的差异，也造成了种种无法解释的后果。毕竟，人和机器不同。人是有着不同的生命体征，有着天然、无法比拟的个体差异的特殊生灵。

所以说，医学是边缘科学。

在超出期望值的医学技术面前，在医患比例严重失调的今天，在我做过多年医生又做过多年病人之后，我想说的是：让信任化作缕缕和风，温暖日夜在悲欢离合的世界中行走一生的人群，让他们的心灵能得到慰藉，全身心投入到为了生命的工作中来，让他们抛却满脸的迟疑和防患于未然的心神，使横亘在医患之间的那堵墙，腾空而起，化作虹，长驻人间。果真如此，作为生命堤坝的守护者是骄傲的，是无畏的，更会不惜一切。

一粒春天一粒秋

从春天的一粒种子“咣当”落地，到收获一粒粒沉甸甸的秋天。这其中到底有多远的路，又有多少人能真正想明白。“谁知盘中餐，粒粒皆辛苦。”当童谣般的诗句如山泉水一样清脆地流出时，内心会生出波光粼粼的感动。

为什么今日又提这个话题呢？因为今天是：世界粮食日。

说起对粮食的感觉，思绪如米糊一样黏稠。同是秋风里，倘是记忆中的今日，断不是抬眼看秋风吹散天上云的闲淡心境，而是不停奔行着的忙碌和低头凝视大地的庄重。生在上世纪七十年代初期的我，或多或少地接承了关于粮食何其贵重的信息，并长久存储于心。随时拿出，都可以重新体会到这种储藏的用心，和它永远的不可弃置。

一

母亲总是说，她小时候，就是玉米面儿也吃不饱，没挨过饿的我那时也就当听家常话一样，不放在心上。什么是饿的感觉呢？不太清楚了。但有一样是清楚的，那就是无论以什么样的方式浪费了粮食，或者做好的饭，就会冷不防挨上几巴掌。所以，至今不浪费粮食不是挨饿的原因，和挨打也有一定关系。或者说，是从心里认识到，是因为自己浪费了东西，或者不仅仅因为它是粮食的原因。

为了给庄稼施肥，曾和母亲在远山下的地里，替别人看一夜羊群，俗称卧地。因为一夜之间一群羊的粪便，能让一块地的庄稼长得足够茁壮、沉实。种子即将下地的日子，盼雨成了头等大事，倘是老天爷开恩，到了节令就会有雨，人们会及时撒下不同的种子，玉米、花生、豆子、芝麻等，这个时候的家人们往往一齐上阵，挖坑的，点豆的，埋土的，平地的，直到一行行的脚印都绽开笑容，直到脑中一行行娇绿的庄稼像懂事的孩子一样长着。曾为了浇一块麦田，十二岁的我和弟弟在远山的石崖底下，过了不知多少个夜晚，认真地看着那一洼水，不要被人偷浇了自家的地，这洼水是公用的，却是哪家夜里看一夜，便可以哪家用的。清冷清冷的夜里，星星和蛐蛐儿陪着，互相壮着胆的孩子，就过早地懂得了庄稼长成时的辛苦，和无法躲开的劳累。

能分清谷苗和青草的年岁，在清早上学之前，我随在父母身后一路小跑，下到地里干一会活儿，等上课的时间快到了，才跑回家吃饭，再跑到学校读书。想想一个清早，七八岁时就能往返七八里地。早上一般做不太重的活儿，比如拔草和间苗，小手并不比大手慢。直到现在，仍然将心思系挂在绿油油的地里，系挂在早春带露珠一棵又一棵的谷苗上，心情也一样的晶莹着，清爽着。

待到能参加正式的体力劳动的年岁，理解了母亲为什么会急着在下雨前，收割小麦，倘家里哪个人不依她的话不好好干活儿，那是万万不行的。曾不止一次提过月光下的收割，就是因为有一年，吃了整整一年生芽的小麦后，母亲更急了。我们那里的田地不规则，大大小小，用不得机器，也根本没有用得着机器的大块田地。读过孙犁先生《麦收》的都知道，我和父亲就是在月光下将一片麦子割倒的。那一夜，蛐蛐儿的叫声在月光下更响，更脆，我在一个又一个麦个儿里，想啊想，想白天吃的馒头，到底要多少个麦穗儿才能做出一个又白又甜的馒头呢。

二

每到清明、农历的七月十五或是十月一，现已年过九十的奶奶总是不断地絮叨着，非要亲自到街上买些烧纸或其他祭祀用的东西，让我捎给她的重侄女，再让她的弟弟（我的老舅）送到他们的父亲的坟前。就这样，一直延续至今。从支应着做这件事开始，到听到奶奶含泪说起他饿死在山间破庙中的爹，我在一接一递这些祭祀物的动作中，变得虔诚起来。并随着思维对秋日进行各种捡拾，开始了对粮食这种独特的大自然馈赠无比的尊重。

村子安静地生在两山之间，那时不懂长长的秋假是用来做什么的。现在想来，放假无外乎两个原因：一是多多少少给家里帮秋；二是几乎所有教课的老师也是农民，也要收秋。而秋，一年只有一次。所以，我们是有秋假的。

没见过爷爷的模样，自我一岁多断奶始，就跟着奶奶做伴并长大。和奶奶在一起的日子里，多数情况下奶奶成了我唯一的谈话对象，以至于许多年来，我的观察和理解世事的方式方法，仍是烙着秋天里奔走时的青天白云，我的记忆亦如夏日的麦穗、秋日的红、黄豆一样的鲜活与纷杂。

很自信曾经在山上练就的快步如飞的两条腿。夏天曾跟在奶奶的后头，一块又一块地的找啊寻啊，几经寻觅后，方可捡到几穗遗落在地里的小麦，因为已经不知有多少人家的老人孩子，已寻过多少次的庄稼地。不论多少，捡到几穗依旧会高兴地握着跑回家。到了秋天，常跟着奶奶在村子一侧的山上、小跑到另一侧的山上所有的埝阶里，一块一块地转，脚踏着一垄又一垄的山药叶子，扒开那些微黄的蔓，认真寻找着那些被队里上工的人或粗心或不当回事落下的几粒豆子。我和奶奶从不带准备装豆子的家什，因为每人的衣服上都有布兜儿，再说你拿了家什也是白拿，最少两米左右一窝儿的豆棵已被拔走了。除了握拔时由于干燥挤剩在地里的几粒，还能有多少呢？每当我用小手拨拉开那些山药叶，看到几颗亮红的豆子静躺在地上时，眼前总是一亮。赶紧亲眼麻利地捡起来，装到贴身的花布衣口袋里。最多的时候也即是能拾到几十粒甚或上百粒吧。我会把我的战利品拿给娘，对整个家来说，其实也就是能多喝一回放着豆子煮的粥，仅此而已。

三

婆婆常说她是从土里刨食吃的，就这样一爪子一爪子地养活了几个孩子，还养出了一个大学生。由于对粮食特殊的感情，过年过节探望长辈亲戚时，她总是叮嘱我们，让我们带礼物时千万不要忘了带米和面，大概只有米和面才能安抚她一颗曾饱尝生活辛酸的心吧。日常生活中，不管什么东西的价值，在婆婆看来，总是和米面连在一起的，只和米面的价值做类比。买回的一件衣服，她便会说能买回几袋大米或几袋白面。不管多么贵重的东西，在她眼里永远是白面和大米间接做成的。对她来说，唯有白面和大米才是笑脸，才是生活，才是精神最大的抚慰。近年来她常高兴地笑，不是一般的笑。我明白她的笑是因为餐桌的丰盛。她常唠叨的是：现在不种地了，白面大米有的是；不种菜了，到处都是菜。这是什么年头啊！

真到了不再为吃饭的问题伤脑筋的时代了。对于曾经“物以稀为贵”、缺了会饿死人的粮食，不再慎之又慎地珍惜了。堆堆的粮食垃圾屡见不鲜，看惯了吃剩和扔掉的白馍米饭的眼睛，不再拥有虔诚的光亮。

民以食为天。中国的粮食不够吃。一个若干年来蹲在田间地头被日光晒得黑黢黢的老人，因为几十年的劳作，他的科研成果——杂交水稻的成功培育，养活了并且继续养活着几亿人，替中国解决了一个很大的难题。我相信，不管这是多么成功的事情，他也不愿意看到那么多的关于粮食的浪费。

看到浪费，那些已经把饿作为一种情绪注入灵魂深处的老人们，总是唠叨着说，不知哪一天人们又会挨上饿了，还不断给孩子们讲：远古时候，天上下了好厚的一层白面，人们却不知道珍惜，任意地糟蹋，后来天再也不给下白面，才变成下雪的故事。我是伴着这个故事长大的，身体里自然也接受了一部分关于粮食和饥饿所带来的焦虑。在奶奶的泪光中泡大的我，更是在春种秋收的汗水中长大的，所以至今没有浪费粮食的恶习。

有时会想，每一粒粮食都来自于泥土，我们对粮食的不敬，则是对土地的不敬。世间万物，包括人，哪个不是来自于泥土，最终仍要归于泥土，如此说来，更是对自己的不敬。

可是从一粒种子落地，到粮食入口的路，到底有多长，没走过的人，永远不知道。恍惚中，你自会相信，那些望穿岁月的眼神，都是一粒粒的粮食。

我们自己，则在各自生命的途中，捡拾或者遗漏。

树知道

一

最孤闷的时候，去看一棵树。

见到它时，心瞬间有了依偎。坐在那棵树下，背倚着它的干，头顶着它的荫，手心摩挲着它的身躯，眼睛一眨不眨地望着它的叶片，用心细数着它的心跳。

真的，是真想知道，树到底是一种什么存在？是从哪里来的？又奔波了多久，多远，才来到这世间，与人相伴。为什么它一动不动，就会让心静下来。

二

树知道这世上所有的事情。

不要有任何疑问，就算过去了几千年几万年的事情，树都记着，都知道。且记得丝毫不差。

走进一个村庄，一棵沧桑的槐树，是这个村庄最重最深的记忆。我走近了它，五六个人能同时钻进去的树心里，空了。可并不缺少阳光。从高大的枝间射进来的光，仍有着古老的生命气息。厚实的树干是重叠在一起的岁月，村庄所有的故事在这棵树面前，都显得平淡无奇。树的外围是新枝，是繁叶。树不在意这些。树身之上，一枝树干正用力，稳稳地托住了另一枝粗大的断枝，绝不让它落地，一如托举着一份不灭的情感和信念。

这是会聚了八百年的力量和情怀。

记不住村庄的名字，记不住所见到的村里人的名字，却能牢牢记住一棵树，包括它的质地、姿态、神情，甚至心事。树明白，人类的记忆细胞和树本身有着生生不息的关系。

亘古以来，或许上天曾为了寻找一个物种，让其既方便又能准确记载天底下的万事万物，寻来觅去，最终把使命落在树的身上了吧。于是树和自然界中的其他物种，就更加不同了。

它不动。不语。不执着。不放弃。任风雨。任欢喜。

三

天和地，赋予了树的神奇。树从此便携带了大自然最神秘的密码。作为特别的唯一的物种，作为记录的使者，树的遗传基因是独一无二的。一个民族几千年的成长史，一个民族历经无数次波折、苦难迁徙，为了生存而斗争的历史，无一不在这古老的树干里，一一写就，并传承。这也许就是，为什么有时一棵树倒下了，会有一片树萌生、长大的原因。

每当看到一大片一大片树林的时候，很是心动，敬畏之情油然而生。不止一次地叹服，树不负使命一样的生长与存在。

树根、树干、树枝、树叶，是树的容量无限的记忆芯片。树站起来时，就是这样一种构成，这样一种风姿。我们太熟悉它了。可当你偶尔看到从深层的泥土中，用力掘出的庞大敦实的树根，你一定会接收到一种令人震撼的信息：这一棵树，到底曾记下了些什么，甚至不惜让自己膨胀成畸形，也要努力记忆。

大概就是因了这些，树的繁衍又是不顾一切的。风可以飞飞扬扬把树的种子遍撒，雨可以把树的种子浸泡出情感来，泥土可以把树的种子拥在怀抱里直到把它暖到发芽，水则是使树的种子尽快发芽的钥匙。在生命无奈抵达到最偏僻角落里的时候，树还可以化身为千万种存在，煤炭、泥土、沙石等等，无一物种中没有树的因子在持续、在扩延。

村庄的老人们也是一棵棵树，也携带了许多的智慧。当他们老去的时候，是要带走一棵树的。然后，再和这棵树一道，走向另外一种新生。因了这些，村庄里的人，大多会在年轻时，植下一棵树。

一代，一代。树就是这样的智妙与顺从，就是这样的持恒与精确，缓缓地承接着它的使命。不诉。不悲。不怒。不停。

四

树知道，自从它领了命，它就应该把事情，做到真实。

永不请辞。

欢乐，高贵，富有，美好，和平，流血，虚诳，孱弱，争夺与厮杀，苦难，等等，只要世间的这些存在无止，树的使命就不会休止。

树还知道，只要人类能用心破译它的语言，透过它的年轮走近它的灵魂，它将会毫无顾虑地把岁月长河中积录下的所有，完全地、完整地、时时地、公布出来。

对村庄的认知

凡从县城坐车，总是向东，冲出层层围裹的山，走向展平的东部平原。那一日，和他挤在一辆狭小的公共汽车里，却是向北，向更深的山里，一个不知的小村里去。毕竟头一次往北，没来得及细想，一个村庄，在将来，会同自己的生活紧密地绾在一起，让一个人开始重新看待眼前的世界。

依山的乡间土路上，小公共汽车吃力地前行，头一回见到深山的春色，一种新鲜，一种好奇，沿路弥散着深浓的槐花香，河水中几只鸵鸟大的野生老鹳在嬉戏，外加几簇林鸟的好音随行，是一种漫步春光的轻松。一个多小时后，两列大山之间的一个小村，尽现眼前，一株老槐树静立村中，四周屋檐矮小，路边野草正青。最后，我们踏进了一扇厚厚的旧木门，院子不大，四周的农具随意地放着，给人的整体印象是一种松散，一种压抑。木格子门窗会说话，慢慢搅动着我的思绪：是儿时旧式房屋的样式。

不知道消息是从哪里吹散开的。“三叔家的小子领媳妇回来了。”一前一后，我们进了镂刻着旧时光的厚重木门，不到喝杯水的工夫，就有人大声吆喝着进了院，腿脚不利索的公公和瘦小的婆婆，似乎在等着这一刻，和盘托出全部的热情，和一个个亲戚、左邻右舍的大叔大哥、婶子大娘们，热情寒暄着。所有人来得快走得也快，还有临出门用力瞅我的那一眼，是一定要看出点什么名堂的感觉，然后才肯出门。

就过样，不住地有人进院，不住地打招呼，微笑，点头。时间一长，才明白过来，所有人都不是平素的串门，都是冲着我来的。是这个村庄由来已久的习俗，还是先过目即将加入村庄的人，不得而知。

一个五十多岁的妇女，也是其中一员。婆婆在她面前却是一副骄傲的样子。说她曾受人委托，带着挂面前来，替女方求亲。乡村里的风俗，是一家女百家求，都是男方主动求媒人问，这媒人主动上门找男方，可能还是头一遭吧。按婆婆的说法，以孩子的事，父母管不了为由，高傲地退回了那个女人的挂面。这些，是我当天听婆婆反复说起的。在后来的生活中，又反反复复说起，不下百次。有没有水分，我不得而知，只是明白了，婆婆是要让我明白，在这个深山里，在这个乡，只有她生了大学生儿子，到目前为止，上村无，下村无，前无，后无。只有她有一个。

从进家门的那一刻，我就用目光打量屋内。一条大炕占着屋子的一半，正中摆着一个老式方桌，简单的做饭吃饭用具，大大小小，依着西墙的土地面，任意摆放着，炕上的铺盖不知着了多少烟火色。三面墙壁，斑斑驳驳，似在说着它的古老和坎坷。我尽力压着心底极大的失望。再看未来的婆婆，一只眼睛发红，不住地流泪，一手拿着毛巾不住地擦着。我明白那是泪道阻塞造成的。握住我的一只手，比粗砂纸还要粗糙。由此可见，她心底拥有的高傲，得来的多么漫长，又是多么艰难。

控制不住时，就想再挖掘一下那个求亲的，到底是怎样一个女人。来求亲，必先经过女子同意吧。一个正当年女子的母亲，找人替自家女儿说媒，这得低下多少身段呀。原来，这个女子是师范毕业，在县城一所小学当老师，长相可人。师范毕业的女生，在二十世纪的县城少之又少，也是珍贵资源。可婆婆说到她的父亲，她的父亲，终年在地里劳累，患有慢性病。有一年，病重，疼痛到不堪忍受，开始四处求医。在这个时候，村里偏偏来了一个游医，游医一年四季串村子为人治病。治好治不好不管，拿了钱就走了。这次遇上的这个游医，和别的不同，这个游医给开了药方，并且告诉他：这个药，一旦吃下去，好就好了，不好，就死掉了。至于吃不吃，你自己掂量，我不管。至于好不好，死不死，我也不负责任，你自己的命，你自己做主。

所有的土地，都有着智慧和愚昧的双重性格，都有着坚硬和柔软的双重属性。耐不住身体的病痛和心灵的煎熬，最终，他还是选择了药。药，在土地上，在一代代基因携带的信息中，有着无比强大的拯救力量。纵然只是百分之五十的生存概率，是不是被贫困和苦痛相挟的无奈，骤然放大成了百分之百呢？结果，那个老人，腿一蹬，就死了。他本意绝对不认可，自己是死路一条的。没有人知道，他在吃和不吃这服药之间，有着怎样的矛盾心理和怎样的挣扎。没有人知道，他在吃下这药之前，是怎样一种心态，拿自己的生命来赌一场输赢？又是怎样的，将一缕要活下去的微光，无限放大。他死在了自家门口的灶台前。是被用来治病的药，毒死的。

那一日，小村里几十户人家，又无条件地聚在一起，争先恐后地帮忙料理后事。除了一声声叹息、安抚他悲伤的家人，还有着对人命实在是贱的无限感慨。乡村的居住方式和路边的杂草一样，丛丛簇簇。这个村子也不例外，这种居住方式决定了他们的生活方式。有人老了，他们自会放下手头的一切，全力以赴地帮忙，这种世代养成的习惯已经成为一种自然。你不帮忙？你不怕，将来老了，没有人抬埋你？

春种秋收，土地十分清楚地理顺着这个道理，也给土地立了一道无人逾越的规矩。哪家有了喜事也一样，都会眨眼间忘掉、甚至想过要动手的前嫌，聚拢而往。他们会高兴地带着贺礼去，三天之内无大小嘛，他们看新媳妇，要糖吃，要烟抽，顺便也回忆一下当年娶妻的心情。就连远嫁的女子听到喜庆消息，也要奔回娘家的。这里，有她们剪不断的脐带。

在村里小住，你会迷上这里香甜的空气，四季不绝的清清溪流，热情的各色山花，繁茂的树木，夜晚的满天繁星。可你一旦沉下心来，纵是轻轻一揭，村庄里原本生长着的原始、固执的坚硬存在，就会不动声色地显露出来。虽说平日不来，可过年过节必须要回的，曾以无奈的心态回这个村庄过年。因为工作，带孩子，白班夜班倒，劳累了一年的筋骨，到过年时回村，是要经历更为严厉的考验的。抱柴火，烧火，和面包饺子，要多炒几个菜，甚至还要挑水，和婆婆一道准备一家人的饭菜。直到一双手粗糙到不能再粗糙，假期也就结束了。

曾经看待这个村庄的目光，不再简单和明了，因为每个村庄都和村民的生活状态紧密联系在一起。一个安静的村庄深处，究竟有着怎样的文化背景，不走进去，你无法得知。第一次被婆婆数落，是婆婆为了什么事，和邻居骂架，骂到怒火冲天时回屋，余怒未消的婆婆竟然对正抱着孩子的我，怒目而视，大声数落着，埋怨我为什么不去帮腔。多少年来，这件事情我一直耿耿于怀，后来因为更深地理解到、终生在农村生活的温暖和冷酷，更深地思考过在农村生活的人们的生活哲学，才慢慢地释怀了。婆婆用她自己的方式，支撑着一个家。她的孩子们，或许也没少受村里人的气吧。多年过后，我曾亲眼看到，一个特别有钱的亲戚，在众目睽睽之下，露着一颗金牙，无情奚落、嘲笑一个无力赚到大钱的男人没出息。那个男人低着头，面对奚落，再找不到一点可怜的尊严。

那个叫河叶的女人，住在村子正中，我至今不知河叶的原名，只知道人们都叫她河叶，娘家是本村的。河叶还是人们对她较尊敬的叫法，背地里，人们都叫她“卫生部长”。她也是那天检阅我的队伍中的一员。那天的河叶，不知刚刚从哪块地里干活回来。一蓬短发，横七竖八，上面还沾着一两根柴草，先是眯眼看着我，后又歪咧着嘴开始笑，笑着笑着，用憨憨的哑巴嗓突然和我说起话来，嗨嗨，晟媳妇呀，你可找对人家了。他们家条件可好哩。这个村里就他们家有。我看着她笑。她继续说。我一次次和她寒暄着，等河叶终于找不着话题了，才笑着说要走了。我继续接话说，有空来，等等。你能想象出这样一个女人，在村里人心中的地位。河叶前脚刚一出门，婆婆就不屑地说，这个河叶，一个肮脏鬼子，你看她那巴巴豆子脸，别人家死了的猪呀鸡呀的，埋了，她还得刨出来，熬熬就吃了，不过，也没见河叶吃出什么病来。从那以后，在婚后的许多年，只要我回村，河叶似乎成了最惦念我的那一个。每次听说我回村，都要抽空到家里，和我说笑一会儿，才肯离去。以至于爱人常常打趣我，说河叶是我在这个村子里最铁的一个朋友。不管怎么说，回了村看不见她，还真感觉缺点什么。

河叶本拉扯了一对儿女，我知道，也见过。儿子读到初中毕业就外出打工了。那年正好公婆搬到县城，我们便没再回村里过年。可就是这一年，河叶的儿子死了。是淹死的。在自己村里的深水里淹死的。起因是，这个孩子一年打工在外，过年回家挣了五千元。的确是红彤彤的五千元呀。孩子和他的娘河叶商量着，要去县城买些年货，最重要的是鞭炮。可能是从小听见别人家的鞭炮响，震到心里的痒还在吧。河叶不同意，孩子就坚持，孩子认为我挣的钱，我要花些，也是应该的。河叶呢，死活不同意，就和儿子生了许多天的气，还把钱全藏了起来。

河叶怎么也没想到，这个孩子惹不起母亲，气不过，竟寻了短见。我曾见过这个孩子，个子不高，体形瘦削，谁承想，再回村，再也见不到这个孩子了。我无法想象这个孩子，在外打工时的苦和累，更不知有没有人克扣过他的工钱，我听到的只是，这个只有几间低矮房屋的人家，在见到有生以来最大数目的一笔钱时，竟然失去了他们的儿子。从那之后，在村里，河叶更抬不起头来了。村里人更笑话河叶，河叶更是个肮脏鬼子，更窝囊了。

另外一个叫三哥的，当时是村里的书记。我第一次进村时，他也到家里转了一圈，一进院，就抬了嗓门“三叔三叔”叫着，一眨眼又“三叔三叔”叫着出了门。在不了解他之前，一同坐过公共汽车，包括我们的婚礼也是他主持的。可是，就是这样一个在村里威风凛凛的人物，在公众场合公开说教、说一不二的人物，生有三个女儿。正是因为全是女儿，三哥总觉得自己的人生，是不完美的。一次，因为点什么，怒火冲天的他，竟然把气撒到女人身上，让从南方娶来的妻子，自己的女人，从齐腰深的河里，走过来，走过去。再走过来，走过去。

没人和我细说过，那个女人在泥沙翻滚的河水中，究竟走了几个来回。也可能是重男轻女的思想已慢慢压垮了这个女人。也不例外在她的内心深处，没能生出个儿子，也认定了是自己的错，一辈子也就认了低声下气地活着了。再回想自己从怀孕到生孩子的那段日子，重男轻女的婆婆被一种彻头彻尾的焦虑缠绕、导致表现出的一系列表情和行为，至今想起，仍是另外一种味道。

多年过去，村里的年轻人都打工去了。村子越来越空。上班路上，含笑树开花时，再次遇上了进城的河叶。听说这时的河叶，已在村里当了好几年生产队队长，直到后来这个角色在村里慢慢消失。好多年不见了，我笑着和她打招呼，在河叶的脸上，我寻不到她的痛。这一次，她对我说的话是：能不能在县城给我找个活儿干？这，也是村里所有人，对城市共同的向往。

秋高的时候，回村收秋。也曾顺着这个村外的小路一直向北。因为距最近的村还有二十多里，很少遇到行人。这时，随你任意思考问题，而不必担心被扰到。那个曾和婆婆对骂过的人家，过年过节已经相互走动起来：你送我一箱奶，我送你一箱苹果。或许婆婆多多少少还记恨着他们，背地里还在唠叨，但碰了面，已是满面春风了。像从来没有红过脸一样。河叶，终于进了城，替人照顾着一位瘫痪的老人。叫三哥的曾经的村书记，得了脑血管病之后，留下了一些后遗症，走路一拐一拐的，可能再不打骂女人了吧。

土地有土地的性格。不仅他们，村里其他人也一样，也是一样分分合合，今天为一件小事不过话了，明天有了事又热情地缠在一起，一些简单的零碎矛盾，随着春花秋月也都慢慢消散了。

新规划的村庄，新出浴一样站在眼前。村后山的几棵老菜树，尤其执着，高低错落着，叶子干到哗哗啦啦的了，一片也不肯落下，远远望去，仍和村庄保持着一种相对意义上的完整。所有的房屋，不管河叶家的，老四家的，不管东屋，西屋，都是统一样式，统一用料，且，是县里免费翻新的。远远地看，你再也看不出房屋和房屋的不同。村道上，太阳能路灯比来来往往的人还要密。偶有一个背着草筐的人见到，总不忘笑着说，回来吧，回来过年吧。房子都盖好了。还会继续自言自语，不花钱，白给盖房，几辈子也想不到的事。

在村庄过了十个春节，在那些把筋骨磨到疼痛的日子，站在真实的泥土之上，重塑了我对村庄的另一种认知。

如果再回村庄过年，一切都会不一样。

古人心性

王国维说："诗以境界为上，格律次之。"《随园诗话》有云："吟诗好似成仙骨，骨里无诗莫浪吟。"今，又逢韵致美好之诗词若干。

读王昌龄一首七律，更为感慨这诗中如画情愫。"荷叶罗裙一色裁，芙蓉向脸两边开。乱入池中看不见，闻歌始觉有人来。"读过你会如何想？第一句写满池的荷叶田田，还有与荷叶一色的罗裙与荷叶相接相依，哪里还会分得出呢。再读"芙蓉向脸两边开"，此句中你能分得出是采莲姑娘们的俏丽脸儿，还是荷花的俏美呢，相映成景，花儿两边开放，写的竟也是相融的一幕春色满荷塘吧。紧接着，这些美好都相交相融并生于池中，你看得见吗？你当然看得见。可又为什么看不见呢？分不清自然看不见了。就在这满池的心情中，忽地歌声漫飘，沉在这美景的诗人才说看到有人来了。虽说诗人写这些姑娘时未露一字，但读者读到最后，也由听，到看，"才"觉有"人"来了吧！这或许就是诗的妙趣所在，婉转中传递给人一种美好的图景。

还记得风趣而令人动心的"随园"中，有记："叶底花开人不见，一双蝴蝶已先知。""临水种花知有意，一枝当作两枝看。""谁怜七十龙钟叟，骑马踏冰星满天。"……每每总被这些意境绝妙的诗词，引诱到心思徘徊，陷在那些妙肖的情思里，感叹着，人世间种种……

再说几句晏殊和晏几道父子的词，除味道极浓郁外，竟发现了许多是在敞心描写丽情，还不是少数。这对父子才情不相上下，只不过是当父亲的位居人上，于历史长河中伟岸挺拔，似乎漫掩了儿子的超拔才情。《诉衷情》之一，先不说是晏殊写与孰人，且看词中佳句："青梅煮酒斗时新，天气欲残春。东城南陌花下，逢著意中人。回绣袂，展香茵，叙情亲。此时拚作，千尺游丝，惹住朝云。"读来美感顿生。一幅三月游春图，即展眼前。丽情佳句一一在目，竟在春色下舍了华靡，却了纤佻，终有品格在里头。这，或者正是词人潜于内心的一份美好与厚重吧。

晏几道的《临江仙》之一，"斗草阶前初见，穿针楼上曾逢。罗裙香露玉钗风。靓妆眉沁绿，羞脸粉生红。流水便随春远，行云终与谁同？酒醒长恨锦屏空。相寻梦里路，飞雨落花中。"寥寥几笔，情感逐步递变，一个女子的音容笑貌，也就呼之欲出了。在作者的思维跳跃中，你不难看出他心中的一份思念。"随春远"的空旷失落，"锦屏空"的怅然迷离。或许，自晏家家族没落后充斥感情世界的那些莫名的失落，蛰居内心深处的一份真切的哀愁，大抵就寄于这样一个女子的身上，让她代言了罢！

不难见，古人心性之清明，远超今人矣！

|第三辑|

流年的光影

奔跑的田野

一直认为自己就是田野里的一棵庄稼，或是一棵草。也只有在田野里，身心才会得以明亮地放逐，畅快地呼吸，和所有在土地上出生的孩子一样，享受着这广阔无边的爱抚。即便远离了土地几十年，也只不过感觉只是一具躯壳被误打误撞地挪移到了城里。心仍是在田野，仍属于乡村。至于内心深处对田野的向往和留恋，从来没有因为时间的推移而被磨掉半分。而且随着时光梳理出的脚步，这种记忆和情感已被一种叫作乡愁的黏稠物质，清洗得越来越明亮，越来越真切。

出生在村庄里，是多么幸运的一件事啊！

曾在微博中写过一句话：和所遇任何事物的庆幸，都没有超过比自己生在黄土地上，更令人感到幸运的事了。

在这个家族中，我是长女。一出生睁开眼睛就开始看见了山水草木的神奇和多情，开始学着认识了牛、羊、鸡、兔、猫、狗等，属于一个村庄的最生动的动词，也学会认识生活的艰难。那个时代，还不被允许做个体生意。几乎所有的村里人都心甘情愿地被摁在土地上，摁在一种不变的简单的生活里，他们所做的只是认真地擦亮每一件农具，好在晨起或暮色中，望着从自家屋顶升起的缕缕炊烟中，迈脚下到被叫作“过日子”的地里，或者回到有着妻儿欢笑着的家。

我是跟着奶奶长大的孩子，也是田野的孩子。对于庄稼和田野都属于国家的时代，关于拾麦穗、捡豆子、割草等便韵味十足地勾勒出了童年中极其重要的那一抹色彩。令人记忆犹新的有放学后奔行在田野中拔草的日子，因为这是个真正属于农家孩子童年的活计，是那种可以半公半私的自由活动，既能在放学后为家里的猪拔上一篮子猪草，又在拔草的间余和伙伴们在山间打打闹闹着，会让心忘了学习忘了家务只沉浸在田野的纵容里，嬉闹开心上好一阵子。沉淀在心海中的田野的风是舒顺的，田野的性情是宽厚平和的，田野的眼睛是清澈明亮的，田野的色彩是世上最浓重的水墨画。总之，田野是那么随性地娇惯着它的一群又一群的孩子们，不让他们受一点委屈地成长着，还让莴苣花、杏花、桃花、槐花、芝麻花、地黄花，等等应四时而绽的花儿，时时点缀、扮靓心灵的版图。

随着年龄增长，常年跟着父亲下地，学会了几乎所有的农家活计，差不多成了土地的一部分。做得多了，也慢慢喜欢上了做农活，喜欢上了劳作个满头大汗后被田野的风抚慰的畅快。喜欢上了秋后庄稼递给人心的一份份惊喜。在田野里，庄稼是饱满的，眼睛是饱满的，心更是饱满的。从东到西，从春到秋，从小麦到玉米，你和每一棵庄稼欢喜地说着笑着都来不及，哪有心思去想一些不愉快的事。大概这也是田野，是土地和庄稼，对生活在土地上的人们最深情的恩惠吧。

分田到户后，分到家里的每一块或大或小或方或圆的土埝，我都参与过收与种，喜欢着每一件农具，每一棵树，每一个坡头，每一朵野花，每一声驴骡的嘶叫，还有村子里的每一个白天和黑夜，甚至是邻里因为芝麻大小的事对骂起来的声音都感觉充满了磁性，所以也就蓄满了对村子的留恋和对土地的感恩。

最喜欢在干活的空当里，呆呆地坐在山坡上，一边远望，一边漫无边际地想点什么，想到高兴时还会“噗”地笑出声来。拔猪草时是这样，割青草时是这样，捡木柴时依旧还是这样，就像一棵会走动的庄稼，风吹雨润过，常年欢喜地奔跑在田野。

对庄稼和草木踏实的爱催生着一个人的智慧和耐性，与田野无缝隙的关联和亲近，更是让凡俗的肉身得以沐浴到清亮的阳光和健硕的风而自由舒畅地成长着。在和庄稼接触的每一个日子里，我也是老师们眼睛里永远的好学生。微亮的晨曦中，有无数次我和父亲踏着露珠走到田地，等到终于劳动到天光放亮，劳动到浑身发了热，也就到了该上学的时间了。于是开始了一个人的奔跑，奔跑着到家，匆忙洗把脸，匆匆吃了饭，再背起书包继续一个人奔跑，还有四五里的山路要奔跑，要奔向学校，奔向教室，不能误课。也真的因为跑得飞快，也许是田野和田野的风，在我奔跑的时候助力我一起用力向前奔跑着，尽管曲折的山路，坑坑洼洼，高高低低，忽上忽下，总之，因为奔跑，我没有误过一次课。这样的日子是年复一年。

我奔跑了多年的脚步终于有一天也有了回音。终于有一天，在村里人羡慕的目光中，我骄傲地走出了村子。先是到一座城市读书，到后来回到县里参加工作，然后，就再也没有在田野里奔跑过，没有和土地如昨日那般亲近了。

远离了土地，远离了生我养我的村子多年之后，也曾对这个村庄爱恨交织，可是，从没有恨过我曾经拼命奔跑过的田野。

时间，真的是最好的试金石。经历会让你从有到无，也会叫你从无到有。闲下来的时候，把时间展平了再看，更想寻找一份记忆中最恬适的心境和落脚点时，想来想去，不是这儿，也不是那儿，仍是群山绵延的乡村里，那一片令心起伏波动的碧绿，仍是那一村子的乡亲们。

几十年，无论走到哪里，仍旧感觉的的确确是一棵走动的庄稼。无论身处何地，无论有何烦扰，只要把心重新放逐到阡陌纵横的田野之中，重新沿着曾经长大的路，再疯狂地奔跑一次，眼前的世界自会辽远，明净，云散，雾隐。田野的风随时都会毫不吝啬地给心梳理出一片安宁。一直如此。

认识到这些的时候，心安静了。如身处乡村雪夜一样的安静。

芝麻花开的小路

敲下这些文字时，凌晨袭来的寒意，依旧挟制着我混乱的思维。我找不出这些存在，在思维领域内的生发顺序，也不知道究竟归于哪里，我的心才可以安静下来。

二十世纪八十年代，我在那条满眼芝麻花、高低不平的上学路上，一直奔跑着读到初一时，他，一个身材高大、面色白皙、满脸和善，过了而立之年的人做了我的语文老师。于我，总是对教过我的所有语文老师，情有独钟，因为他们总有说不完的故事、用不完的形容词和动词，让你时时感到这个世界，是有色彩的，是会激情跳跃的。

这个时候的我，是由无数个问号组成的。我刻意留心着住在上村的老师高大的身形，想和他一起走到学校。我站在他必经的路上，一次次固执地等着我并不敢放开说话的老师。

老师说的话都是新鲜的故事，魔力一样吸引着我。我总是一路跑着随着他的步子。我的最终目的十分明确，就是为了听他讲一些在学校听不到的，国内的、国外的、正直的、善良的、鼓励的、启导的故事等等。他总是滔滔不绝，绘声绘色。他最喜欢谈的是列宁和俄国的一些作家们，还会背上几段他们的名言。现在想想，他应该学过俄语。常常是在不知不觉中，五六里坑坑洼洼的山路，会被高大的老师和一个瘦小的穿花衣服的女孩儿迅速地甩在身后。阵阵读书声会迎着太阳，迎着我满足的笑脸，有节奏地一次次响起。

他讲鲁迅笔下的“闰土”。我无法忘记那顶旧毡帽，黑得没水色的脸，佝偻着身子，呆着，没有多少言语。还记得躲在旧毡帽身后的孩子，更是不敢看生人一眼。那时还不能完全理解文章的内涵，只是读到极度的贫困生活让心颤抖。至于再想那顶帽子下面的其他，已是好多年后了。

仅仅一年，老师调走了，离开了我所在的中学。

一晃儿二十多年过去，在漫长的学习和工作中，打听过他的消息，他仍在教书，并转正成了国家正式老师。也打听到他患了脉管炎，我找到一个最好的中药方，托人转给了他。

谁也没有想到，离开学校多年后的初见，使我难忘、难受，铭心刻骨。

三九天，一只脚肿得无法穿到鞋子里，推着一辆破旧自行车，去看望他的老母亲。从老师口中得知，他的脉管炎已经做了手术。在和我讲述他的手术他的病时，老师脸上没有表情，说大多数费用是他在北京的弟弟出的，却还是因为钱的问题，没能移植一根较大的动脉血管，而成了现在的样子。说也许将来会好一些，就看恢复得怎么样了。

工作之后的我，和他相距七八十里山路，偶尔遇到，他便停下自行车，与我说许多至情至理的话。说教育的无奈，说自己语重心长的教导抵不过几分钟影视作品的负面影响。还一直安慰我，问长问短，问老问小。还有一次，老师到单位找我，郑重其事地请我“帮忙”，神色慌张地声言他的儿子犯了错误。在我紧张询问时，他才说出了他的儿子比法定年龄早半年，举行了婚礼。这时，我才再一次认真端详我的老师写满沧桑的脸。在他的脸上，你找不到这个充满变数的世界对他的一丝浸染，他依旧住在他的教育梦想里，住在他坚定的品格里。他的语调那么认真、庄重，是始终如一的平实心灵最整齐的声束。

他的身体日渐康复。原以为他已经过上了正常的生活。他为大儿子娶了妻，为二儿子张罗着盖了新房，自己也努力工作，呵护着妻子，教育着一班又一班稚嫩的孩子。这些已习惯了的普通生活，将我与他的实际距离，再一次拉远了。

惯性思维让我的心平静的同时，我没有料到，他的如一，他的坚守，一直是背对着这个世界。在一些沉重久久不能放下时，他生命中那些无法迎合的错落光影，已经压碎了他的心，踏平了他的精神高地。

那天早上，单位的电脑被病毒摧毁了系统，找一个小伙子帮忙。突然想起，他和我的老师同住在那座大山的脚下，同一个村子里。又想起，好长时间不曾遇到这位老师了。

在我问到老师的近况时，小伙子竟轻轻地说，他已经没了。

他已经没了?!

在我反复强调关于老师的一切，对号入座，确定无疑时，确定这位刚过耳顺之年的老师，已去。一时间，心中的寒露凝成霜白，思维僵在二十年前遥远的记忆里，停在现代的大车小辆、和他高大身材与一辆自行车相陪衬出的现实中。在我不断追问，本不应离去的老师的近况时，许多的无奈错落着，袒呈在我的眼前。

他没有发现，他的儿子的疾病是身体和精神相煎的。说不好是为了让儿子坚强，还是他的心过于坚硬了，在他的小儿子病故前，他好长时间没有去看他。后来，他的小儿子去了。几个月后，他也去了。因一点儿小毛病，他坚持不治疗，至于是不是人们口中传言的，是钱的问题还是怕疼，都无法定论。

当梦被内心的疼痛唤醒的清晨，按压不住内心的潮起潮落，我反复思考这个问题。他岂会害怕一个口腔手术？他曾在北京挨过一场大手术的啊！他那么孝顺，每隔一日便骑自行车走八九里山路，去看望他的老母亲。为了孩子，他舍不得花掉每月二千多元的工资，一直种地满足着自家所需的粮食。他没有做过一件让人传来传去的负面的事。他只是爱皱着眉头，和我一本正经地说着他对这个世界的看法。一年一年，他在农村的那所小学校里传道授业，他的和善、至真的笑仍在，可他的人竟去了。

恍恍惚惚，我差不多悟出了他的离去，是因为他的身心疲惫了。更是他缘于内心对无法挽回儿子的愧疚，难以承受的父爱的苍白，让他实在不愿再面对世人。他解不开心中的结了。他对着我感叹过，他的知识分量比不上街头的鞋匠，比不上大字不识的小商小贩。

实在说不清，自己想要说些什么。

所有的一切太突然了。当我回头时，他穿的还是那件穿了多年的黄色旧军装式上衣，一辆破旧的自行车，一张永远中规中矩的脸，一串对这个世界不能理解的看法。他身材高大。他简单，明了，迷惘，无奈。这一切，都将我的思想团团围住。眼前，竟是老师口中的那顶旧毡帽，无助地晃动着，晃动着一个渐渐缩小的身影，一种越来越疼的情感。他怎么就挣脱不了呢？

我感到窒息。我真的不知道，除了这些文字聊以延续、相接我的老师与这个世界的气息之外，我能做些什么?!

也是二十年后我才清楚地意识到，在那条路上，我听到了从没有听过的广博的知识、做人的道理。无意之中，那些话已渗入到了我的思维深处，慢慢开启着我的心智，催着我成长。

仅仅一眨眼，老师已离去多年了。

那条我曾跑着上学的小路上，我随着老师的身影奔跑了整整一年。

可是，无论时光里的我何时回头，那条路上最显眼的身影是他，那条开满芝麻花的小路上是他，正和背着花书包奔跑的我，口若悬河地说着什么。这一幕，让那条路永远鲜明在我的记忆里，这也是我牢记着这条路的全部原因、全部意义。

灵魂的刻刀

人生短暂，没有一把灵魂的刻刀，可以任人随意雕琢。

——题记

张老汉是仙湾里出了名的倔老头儿，不但能说会道而且识文断字，能理论过他的人很少。近七八年来，他们家的官司打过来打过去，他家的事便成了村里的头条新闻，大人孩子全知道了，成了人们茶余饭后、街头巷尾最热的谈资。

你看吧，三人一堆儿，五人一堆儿，嘀咕的，都是他家那点儿事儿，再加上张老汉这几天正抱着棺材打盹儿，更成了热点新闻。有人说："这人倒了，官司也就结了。"还有人说："打了一辈子官司，还是没有结果，可怜啊！"一时间，沸沸扬扬，说啥的都有。

那一天太阳都老高了，还不见张老汉起来，平时这个时候，他早去地里猫着腰干活了，打西红柿的杈儿或者给菜喷点儿药，反正他从不在屋子里闲着。做活累的时候，他就坐在地头上吸一袋旱烟。吧嗒！吧嗒！吸完找块小石头一磕打。总不见他起来，是怎么了？

他的儿子开着车出去了，家里只剩下儿媳妇和五岁的小孙子，儿媳妇小玲早早地做好了早饭，等公公起来吃，久等不来，想也许是累了，让他多休息一会儿吧！便随手拿起扫帚扫院子，也生怕婆婆一会儿从娘家赶回来后，又说三道四，饭早了晚了的，没个完。话又说回来，左等右等，还是不见公公起床，只好让儿子小宝儿去喊爷爷，门插着，小宝儿在门口边用小手拍着门儿，边喊着“爷爷爷爷”，叫了几下，见里面没人应，这小玲就急了，三步并作二步，使劲用手拍了几下门板儿，还是没有回音，没有办法，只好搬过来一张板凳儿，站上去往屋里瞅，这一瞅不要紧，只见公公早斜躺在炕头上，还好，是面朝外，闭着眼睛，只见嘴巴还时不时地动着，想要说什么，又说不出来。

不好！小玲心下紧张起来，急匆匆地把窗子推开，小心爬上去，“咚”的一声，便从窗台上跳进屋子里。

要尽快送医院才行啊，小玲紧着打通电话，找来邻居小三儿开着农用三轮车，急忙回屋又拿了钱，收拾了急用的一两样东西，帮小三儿将公公抬上车，就跟着往医院去了。

匆匆忙忙赶到了医院，经过抢救，张老汉醒是醒过来了，同时，也有一个不幸的消息，时间不长便传遍了整个村子。

张老汉得了肺癌，晚期，放疗、化疗都不管用了，也就是到了没药可治的时候了，只剩下两三个月的活头，只有回家等死的份儿了。

小玲蒙了。心里想不通，还不到六十岁呀！只说这几年官司打不下来，头发白得有些特别，身体不比以前，总直不起腰来，咳嗽也是续续断断的，不过几声呀，只是近来多些，也没往那上面想啊！总以为是打官司，生闷气，心情不好，也见他常常闷在屋子里不出来，只是一根一根地抽烟，因为心里不顺畅和婆婆也不和，所以连带生着闷气总也融洽不起来，两天一小吵，三天一大吵，也不和别的老夫老妻那样，欢欢喜喜坐在一起聊天。原本这小玲也不是省油的灯，但见家里的气氛不好，所以，有不顺心的也就咽下去了。这一病，可怎么办？小玲想着将来可能发生的事，皱起了眉头，无可奈何地叹了口气。

再说说张老汉还有两个女儿，都嫁出去了，一个离娘家较近些，接到电话，听说了这事就急着跑回来了，进门见了老父亲，眼泪就止不住唰唰地往下流，嗓子哽咽着一句话也说不出来，本来打电话都嘱咐好了，见了面不要哭，千万不能露出马脚，要瞒着张老汉，不想让他知道自己的病情，好好地让他心静地活几天吧！

足足有七八年了吧！张老汉没有睡过一个好觉，天天晚上躺在炕头上边生气边琢磨，这官司不是咱没理儿，为什么就没有人给做主呢？在县里打官司的时候，那个黑了心的法官硬是说歪理。哎！还有医院的那个眼科医生听说确确实实很正直，不管他们怎么贿赂也没有达到目的，硬是没有给那家人出假证明。这官司打到中级法院还是不行，现在打到省高院了，我就是想看看，天下还有没有说理的地方，真是“衙门口朝南开，有理没钱别进来”吗？也不知道这法律是怎么定的，证据也有假的，假的就能把人坑死，我就不信了。“人争一口气，树要一张皮”，我就是要争这口气，一定得争，不然我在村子里的威信不就全没了。我还有什么脸面活在世上，再说了，那二尺多的地皮本来就是我的，给了他们，我死了没脸去见我的爹娘、我的祖宗啊！思这想那，春去秋来，花开花落，张家在那二尺地皮的官司的事儿上，做了多年的努力。

这么多年官司打下来，也是事出有因！在张老汉的新房盖好的那天，他的大娘的儿媳跑来，说房子的东头那块地原是他们家修来的小片地，是他们家的，现在你们盖房子了，也不能白白送给你们，就在那地方用石头砌了一个两米见长的小墙头。

这小墙头正好在他们新房子的东头出门口的拐角处，张老汉的儿子不让，非要拆了，那家的儿媳还有张老汉的大娘用手护着墙，一怒之下，张老汉的儿子用力把那个儿媳妇推了一个跟头，这下子不要紧，惹恼了那个脸上长着一块印记的女人，顺手抄起来一把和泥用的铁锹，从侧面生生拍在张老汉的儿子头上，大小伙子一时没招架住，只觉得“嗡”的一声，后来到医院诊断：“耳膜穿孔”，那家长“记”的儿媳许是“朝里”有人吧！在那块“记”上做起了文章，也不知用了什么法子，竟有了法医的诊断书，证明是外伤所致，真是“假作真时真亦假”呀！张家人更是“怒从心中起，恨由胆边生”，两家人齐心要打官司，一场官司由此拉开了序幕。

亲情的颜色，在此时显得无比苍白。

也曾听到人们说起过，两家人奔走的情形，政府部门、法院、检察院，张老汉由一个终日在田间侍弄菜园的老百姓，转眼变成了打官司的专业户。不但学到了很多的法律知识，坐在地头上说起来一套一套的，就这个官司，调查阶段、一审、二审，出结论。不行，再上诉，再一审、二审，也不时骂着法院的人有的黑吃黑喝黑拿，吃了这家的也吃那家的，自己也为了官司早早地结束，不例外也请他们吃过饭啊！不过理儿在自己这儿，也只是为了早一点结案，能安安生生地过几天好日子，不过后来听村子里的人说，另一家也是请吃饭，还送了礼，不过觉得既然两家都请了，那怎么着也得向着理吧。可最后呢！还不是上诉了？有时真搞不懂是怎么回事了，真是没有完，没有了，要不为什么会有人说，“忍一时之气，免百日之忧”呢。

这岂是百日之忧。

不觉初秋乍凉，眼看着张老汉的病情一天比一天重了，他想趁着脑子还清醒的时候，给儿子留个话儿，那天，一家人都在，他就开起了家庭会议。

一家人心情都很沉重，谁也不多说一句话，女儿、女婿、孙子、孙女一个不落，全在，另外还请了村子里几个长辈儿，也都在场，张老汉说话已不是很有力气了，他一字一字地说：“儿子，我只和你说，当着全家还有村子里长辈儿的面儿，你一要听父亲的话，我打这个官司把家里的钱也花得差不多了，去哪儿不花钱呀！找律师、找法官、取证，样样要花钱，就是再买块新的地皮，再盖儿间新房子都用不了那么多！可是钱花了能白花吗？不能，坚决不能，那个官司一定要替父亲赢回来，我打不下去了，你要接着，一定要替父亲把那口气给争回来，钱不够的时候，就把地再卖一些，我就不信了，这世道没有一个说直理儿的地方。肯定有人说直理儿的，肯定有……”说完这几句话，张老汉再想说什么，家人就不知道了，一闭眼，撒手人寰。

这样的事自然瞒不住，村子里的年轻人都来帮忙打发老人，听到这个消息的另一家“仇人”，竟兴奋了起来：“真是老天有眼啊！再让你跑，呵呵！你们难道能少花钱吗？他们睡觉难道不做噩梦吗？”

原本两个很好的家庭，为了二尺地皮，生死不相容。几年了，岁月的风雨无法稀释他们心头的怨气。这一争，争得青山汗颜，江河无语。

古老的故事中记着这样一首诗：“千里家书只为墙，让他三尺又何妨？万里长城今犹在，不见当年秦始皇。”

春雨的纯利润

秋阳正好，春雨娘手扶着门框时，整个身子完全叫太阳晒着了。她不住地往远处瞅，等看到儿子春雨的车直奔村子而来，这才转身回屋，开始慢慢搅正在火上咕嘟着的红豆粥。

“还是这村村通好，刚打过电话不到一个小时，儿子就回来了。”春雨娘一边自语，一边笑。春雨娘天生苹果脸，又是漂过一样的白，所以笑的时候，就像新开的向日葵，再加上几分天真，就像小孩子得到了几枚糖果时的开心。

好几年了，自从春雨爹走了以后，春雨娘曾随春雨到城里带了几年孩子，等孩子长大上了学，春雨娘再也不愿意在城里住下去。她想回到村子里，陪着春雨爹，陪着他说话。

自从回到村子里，春雨娘将喝饱了一场雨水的两垵地，都种上了花生。一步一个坑，一个坑里两粒，春雨娘剥到手疼才剥好的花生种子，就悄无声息地躺在地里等发芽了。随后，地面上就有一串串踩压好的小脚印。那小坑看起来，就好像为了什么做的记号一样，规规整整。

春雨娘说，你爹活着的时候就爱吃花生，就着二两酒，几碟小菜，却从来都离不开花生米。他说，这花生米是他的命。

每到秋天，春雨娘收花生的时候，一个电话春雨就扔下生意，回来陪娘收秋。

眼下，秋黄又至，花生叶子的绿快要褪光了，成了熟透的黄色。又是一个电话，春雨又赶了回来。

对于村子里的人们来说，都知道春雨回来一趟不易，也知道春雨已干不惯体力活儿了。春雨一回来，准是找几个活儿少的人帮着干。用上一天或两天的工夫，将娘种的花生全部收好。春雨每次回家，车后备箱里，自是少不了准备犒劳劳动力的好烟好酒。

“春雨回来了。”

“又回来给你娘收秋了！”

工夫不大，还是老样子，春雨同几个或老或少的人，一同走向春雨娘洒了心血的那片花生地。

“春雨，你每次回来收秋，看把你娘高兴的！”

“误了你的生意吧？”

“是啊，我得关了门，别人帮不了忙。”

“你小子一天能赚多少？”

“这个可不能说。”

“你小子，又不借你的！”

“你这一回家，除了买酒买烟，还给我们不少工钱。赔多了吧！那点儿花生，才值几个钱。”

春雨听到这话，笑了。放下了锄头，坐在锄头柄上，望着天和天上的云。

春雨笑的时候，和他娘一样，有着孩子似的天真。

“赔？我这可是纯利润。从钱的角度考虑，我是少挣了，又得花钱。可是你想，我娘高兴，我娘如今老了，自己能动弹，还想干活儿，种点儿花生是在种她的念想，只要她身体好好的，能年年种，我就年年回来帮她收，我就不赔一分钱。我一年也就帮她收这么一回。其他时间回家，还不是老娘给做饭，我只管吃。娘只要高兴，只要能动，还能年年种花生，我赚的就是纯利润。”

说到这儿，春雨脸上的笑更浓了，更亮了，似乎已经赚到了旁人无法猜到无法相信的数目。

“还有，每次我走，你们也看见，娘还不是得给我拿一大袋子花生。一年到头，我有时间就吃几个，能吃对头一年，吃在肚子里，既解饿又解渴！”

“哈哈，什么？你娘种的花生还解渴？”

“这，你们就不懂了！”

几个人在地里，手不闲，脚不闲，嘴不闲。

“那可是老娘种的啊！”

忽然，春雨神情庄重地说了这么一句。

这句话，正热闹着的几个人都听见了，都不再说话了。显然，这句话，在场的几个人都听懂了。

此时，一阵微风吹来，一棵又一棵的花生秧从土地里刨出来，经长茧的手抖落泥土，衰黄的叶子与秧下一嘟噜精灵的花生，就在轻轻一抛的过程中，形成一种明显的对比。而经了春夏到秋的花生秧，也像是满脸皱纹的老人在笑，笑着自己，并没有白白经过。

正用力干活儿的他们明白了，服了。这个半路出家的商人春雨，正如传说中的一样，是个虽说没多少文化，却是个极会做生意的人。

正如他自己所说，他每次回家，都是为了娘的秋天，赚的自然是纯利润。为此，他们深信不疑。

流年的光影

二伯闭眼的时候，用尽力气对二娘说，永远不能和老大那家人过话儿，他们太欺负人……话没说完，二伯就咽了气。

二娘心里明白，剩下的话也无非还是不让搭理他们，多少年，争争吵吵，打打闹闹，没完没了，又没有办法不住在一块儿。

前后院儿，同走一条官道，祖上分下来的房子，多少年，实在数不清了。

二娘一串生了五个儿子，没生下一个女儿。

老大家可好，有儿有女，只要有不对眼的时候，就开始了，有打的、有骂的，眼看着架势就不同一般，多少年来，总是以二娘家的“失败”而告终。

按理说是不用怕他们，二伯家有好几个儿子呢，可是毕竟是亲兄弟，这种气在农村生起来也是有限度的，声势大，却不是要死要活的事儿。所以二娘家自觉受了多年的气，挨骂挨得多，这也是命，能有什么办法。活该摊上这样的妯娌，二娘总是抱怨大娘，说是她挑的事端，具体是不是无从考证，挨了多年的骂倒是真的。

二伯去了的第二年，大伯得了脑溢血，治了好一阵子，命是找回来了，可是不死不活，天天在椅子上流着哈喇子，还要人喂药喂饭，再也不省人事了。大娘几个女儿毕竟是别人家的人，这样的事就帮不上了，只有大娘一个人和几个儿子轮流着，忙着侍候大伯，便再也没有时间和二娘对骂了。

自从没有了骂声，好像妯娌俩也不再习惯骂了。不像以前，只要见着身影就得指桑骂槐地骂上几句，这样的事再没有出现过。

不知不觉几年过去，大伯就这样人事不知地累着大娘，大娘累得身心有些支持不下去了。一早一晚的，说是有孩子在眼前，可还是老伴心里闹着着急，不急由不得。

二娘吃的口粮是儿子们分别规定好，按时送来的各样粮食。不愁吃穿的二娘天天坐在门台儿上。把过去的日子想来想去，还能记得什么呢，眼看着大娘累得腰快弯成九十度了，还在累着，有时心里不免也有一丝怜惜。可是，她不肯随随便便承认自己的想法儿，骂了我那么多年，也是她的报应，再让她骂，再让她厉害。

那天，天刚亮，二娘起得早，要去小解，正好碰到大娘也提着尿桶往外走，只这一条路，没办法，也是那条“低头不见抬头见的路”。在这条路上，生了多少气啊！二娘一见，心下一惊，又想起年轻时也是这样遇上了，就不免要骂上一阵子，要说“妯娌转仇人”也真是这么回事。要不和老大家的一前一后进了门儿，没有深仇大恨，为什么第一眼就互相看着不顺眼呢？

想着，刚要往回返，只听大娘开了口了，“也起得早啊”，虽说声音不大，可二娘还是听清楚了，刚回过神儿来，不自觉地“嗯”了一声，就往家走。等走进自家屋里，心还在咚咚地跳，难不成一句平平淡淡的问候，在她听来也受到了惊吓。

回到家，二娘想来想去，她和我说了话了。几十年不说话了，只有她骂人的声音还在耳边，是她先和我说的，我也应了一句，虽说就一个“嗯”字，也是说了。二伯死的时候可是嘱咐了，不让跟他们家来往了，我这是怎么了。二娘在屋里闷了好半天，没有出门。有了第一回就有了第二回，妯娌俩再见面的时候，就不管谁先开口谁先说了，老大家的女儿们回娘家遇上二娘，也叫起了婶婶，这是二娘始终没有想到的事情，“山不转水转”，竟然，还有和老大家过话儿的一天，真想看看，太阳是不是从西边出来了。

“我的日子也不好过，那个老的，死不死活不活的，熬了我这么多年了，觉也睡不好，天天端屎端尿，孩子们看看全走了，还不是我的事儿。我可不如你，一个人吃了不饿了，也不烦。”大娘在一个女儿回娘家时和二娘诉苦，二娘心里想，平时抬着脑袋从不正眼瞧人的老大家的，竟会和她倒起苦水来?!

“你好歹还有个人儿，说不成话还能听听声音，我这样一个人这么多年，孤零零的，听个声音也没有，孙子孙女全不和我做伴，还不如你。”二娘嘴里不说心里话，简单应付着说了自己的境况。一来二去，这老妯娌俩就说上了。儿子儿媳哪个不孝，哪个孝，村里的、外村的，千年五代的，想起什么说什么，说着说着也会大笑起来。似乎若干年前，她们根本就没有发生过什么，不知道的，还以为是至交。

第二年冬天，大伯可能是不想累着大娘了，也去了。

大娘送走了大伯，没人陪，就在二娘家的门台上坐着。妯娌俩有时唠嗑儿，有时边捡个豆或者缝缝补补的。妯娌俩谁都没了伴儿，这倒是她们以前谁也没想过的问题。她们会只剩下一个人，还会和好。那时，可是要恨到骨子里的，到头来，还是妯娌俩。

冬天，老人最喜欢的是暖和旮旯，人老了，经不住冻，太阳出来一晒，才感觉到这日子还能过，还活着。两个老人如果几天不见，就着了急了。

“你看你有几个闺女，衣服穿得干净整齐，我没有闺女的命啊!”二娘叹气道。

“你也不赖，孙子考上了好大学，咱村才有几个。”大娘挑二娘高兴的话说道。

二娘一听，脸上乐开了花儿。

“咱妯娌俩，两个老棺材瓤子了，有吃有喝的，孩子们又孝顺，不图别的了，等死吧！”大娘又接着说。说起死来一点也不怕了，倒是笑得厉害。边笑着边拍着二娘的肩，也不顾平时干净惯了，也不怕二娘平时总是烧火做饭、身上的土多。

“是，给吃给喝的就是孝子，别指望他们有时间陪我们，他们也得过自己的日子，上有老，下有小，唉……”二娘看起还是基本同意大娘说的话的。

就这样一年一年过去了。你会看见，夏天河边的树荫下，两个老人，一对驼背，一人拿一把蒲扇，还时不时地，你给我扇一下蚊子，我给你打一下苍蝇。到了冬天，暖和旮旯里还是那妯娌俩，轻轻地、低着头，头都要挨到一块儿了，嘴里不停地嘟囔着、说着什么。不走到跟前，根本听不到。

不似以前了，那时，只要她们俩一开口，全村人都能听到。

芙蓉花开的夏天

街旁的芙蓉花正开时，第一次见到了从深山来到县城的公婆——两个头发完全银染的老人。许是刚收完小麦的缘故罢，晒得黝黑的婆婆一只胳膊挽着公公的臂弯，不时地左右观望着，在人流如织的大街上走着。我们这里是封建意识较浓的山城，不同于南方大都市里随处可见的情真意切的缠绵，在那个时代，你几乎看不到街上有手挽着手走路的，更何况是老年人。一时间，我心里的天地竟出奇地明亮起来，似乎加重了我的某些想法。十几年过去，那次在街上相遇的瞬间，定格在我的心灵最深处，成了我记忆中关于爱情最艳丽的一抹色彩。透过盛夏三十多度高温的思绪空间，似乎真切地看到了，那两位老人，或许就是几十年后的我和爱人的影子。

也许是因了我的缘故罢，两位老人从五十多里外的乡下带着一份欣喜、一份渴盼，顶着烈日来到了县城，来共同商量我们订婚前的大小事宜。

婚后的我明白了，在大山深处，在最偏远的一个小山村里，我的公婆相依度过了几十年，而且是在婆婆跑调的歌声里，陪伴着度过的。公公早年父母双亡，两个已出嫁的姐姐偶尔照顾一些，无论风雨交加还是漫天飞雪，整年在山上帮队里放羊，仅有的鞋子时常背在背上，只有走到平整的地方才肯穿上。那是绝不怕脚被山上的荆棘扎破，只怕扎破了鞋子的年代。

几十年前，邮局招工，孤身一人的公公在邮局做了一名专门送邮件的职工，接着，迎娶了比他小六岁的婆婆，那时，依旧在缺吃少穿的年代里，婆婆的娘家衣食无忧，嫁给了进了门只有半袋子山药干、在婆婆眼里英俊无比的公公。更为艰难的岁月是伴着一个接一个孩子的降生而变本加厉地困苦着了。日出而作，日落而息，虽说日日面朝黄土背朝天，但那一块块贫瘠的土地并不是遂人所愿，你种什么、便会收什么的。公公每月十几元的工资根本管不了大用，人口多，地又少，正是由于婆婆反复讲给我的这些苍白的日子，我才知道了她的生活是怎样一天天熬过来的，真的是熬过来的。

婆婆是一个坚强、有骨气的人，爱唠叨是她的特长，自力更生是她的座右铭，因为她这样说也是这样做的。她的家的成长史是一部清苦的历史，村子里新鲜的大事小情，包括日本鬼子侵略中国的点滴记忆，她都在空闲的时间里，一遍又一遍地复述给我听。她脑中的这些故事，我洗耳恭听多遍，背得滚瓜烂熟。而婆婆不管日子多难，总是边唱着歌，边辛勤劳作着。她唱的革命歌曲，一句都不着调，在公公听来却超过了百灵鸟的歌唱。在深山里每一个有婆婆足迹的角落里，都能听到她开怀的歌声，因为她的唱，因为她的孩子们唱，她的歌山听过，山间的溪水听过，林中的鸟儿们也和着唱过。她说，我是唱给山听的，山从来不嫌我唱得不好听。

婆婆初中毕业，用公公的话说，自己是扫盲班第一名毕业。这些差距使得公公一生在婆婆面前，俯首称臣。家里几个孩子的早期教育也是婆婆做的，从一笔一画写字到读书背诗，到了爱人考上大学那年，公公更认为是婆婆的功劳，因为他的女人培养出了他们那个乡里唯一的一名本科大学生，接到录取通知书那年，他们在互相的恭维声里笑了，大概和那年有了孙子一样的心情吧。

我和爱人有了隔膜的时候，细心的婆婆会最先发现，也会不折不扣地袒护着爱人，公公在后面袒护着婆婆，就我一个“外人”，根本就是未战先败，在他们心里是不顾及什么理不理的，即便是爱人的错，他们也会认为是由于我的原因导致的，在我看来，不亚于阎王店里告小鬼啊。呵呵！因此，多年后我明白了他们爱子之“私心”，慢慢找到了切入点，也看到了公公和婆婆牢不可破的强强联合，几十年的艰苦生活过下来，使得他们的“联合战线”坚不可摧。由此，也真正心神领会了老伴儿的真正含义。

看到了他们，看到了他们才是真正的伴儿，是在心里紧紧相依相伴的伴儿。

公公得了脑血管病那年，也是身单力薄的婆婆，一手替姐姐带着不到一周岁的女儿，一手照顾着生活完全不能自理的公公，瘦弱的肩膀全力担负着一个家。一个农家，可想而知，从地里的农活到家里养的猪、鸡，还要照料瘫在床上的公公。还有待哺的婴儿，一家人的饭菜，这一切的一切全都压在了婆婆身上。

我想象不出，当时的她是怎样的一种生活状态，在身高不足一米五，体重不足四十公斤的婆婆身上，我看到了由爱凝聚成的无穷的力量。这样的日子一直持续到两年后公公康复。对于度过了那一场劫难的公公来说，是瘦小但坚强无比的婆婆给了他第二次生命，后来，康复的公公又被婆婆挽着胳膊，在街上漫步，笑着了。

对于婆婆，有了最初的敬佩，朝夕相处的日子的磕磕碰碰对她更有了深刻的认识和多方位的了解，直到她的儿子衣来伸手饭来张口的时候，她才会高兴，才会真正的笑，用她自己的话说，只要妈妈活着，就给你干，她是见不得儿子做家务的，她的爱虽有些自私，却仍不失为一个伟大的母亲。人无完人，我的婆婆如一本书，认真读来便有了含英咀华般的感受。

多年来，我清楚地看到了，在公公心里根本没有什么“理”或者“不理”的存在。只要是婆婆说的话便是理，便是真理，他只有追随的份儿，婆婆对于公公的衣食住行照顾得无微不至。吃饭时，第一个坐在桌子上的是公公，最后一个坐在那儿的人不说你也知道是谁了。事实上，公公被比他小六岁的婆婆照顾习以为常，思想上亦觉得理应如此。虽说，对于这种不太合乎常理的现象也有过异议，却在婆婆一手的担当里，溃散了。

几十年共同咀嚼酸甜苦辣的日子，使得他们再也无法分开，哪怕几天，有时，脾气不合的时候，公公也会赌气到我们这儿或者是姐姐家小住，但不到一天时间，刚来的时候气呼呼地“不回去了”的坚决态度便被电话的铃声震得粉碎了。我们也曾故意不递给他电话，“你又不回去了，不理她了，就在这儿，我们管你吃的，不接她的电话。”在我们善意的戏谑中，公公则会急呼呼地大声嚷嚷起来，“快给我，快给我!”生怕那一头的电话瞬时会挂断的样子。此时，你若再接着把玩笑开下去的话，随之而来的定会是公公大发雷霆，怒目而视。一旦你将电话递到了他的手中，则会听到他语气平和地说：“老鬼，怎么了?”只有天知道为什么他的语气变得这么快，老鬼是他们夫妻俩一生中互相的昵称，是我听爱人在婚前便讲过的，他们一直这样亲切地称呼着对方。

这便是我的公公婆婆，在他们的白发里，在他们的皱纹里，在他们几十年生活的土地上，我深深地感知到了、也澄澈无比地看到了对于爱情，最好、最真的诠释。或许他们没有和对方说过一个关于爱的字眼，更没有当代年轻人恋爱时的浪漫情结，或许他们根本不知道还有爱情这么个词存在着，他们心里有的只是牵挂，有的只是关心着对方的温饱。可是，他们的感情就像他们家门口的那棵常青的柏树一样，不知经历了多少年的风雨洗礼，身子没有歪，颜色没有变，依旧挺立在那儿，高昂着头生长着；亦如他们婚后在院落中心种下的那棵苹果树，经历了若干年的风雨依然枝繁叶茂，果实累累……所有的这一切，都以深山里久久回荡着的、不着调的歌声为证。

近几年，他们走上了对于他们来说的康庄大道，四个儿女皆已成家立业，家搬到了县城的单元楼里，安度晚年。

微弱的晨曦中，淡薄的黄昏里，望穿芙蓉花美艳的影子，你会看到他们手挽着手散步、东看看西瞅瞅的画面；时而会传来意见不同、不绝于耳的争执声；听到最多的，还是婆婆大声地唱着跑调的歌，而身边八十岁的公公则虔诚地抬着头，用崇拜的眼神儿端详着他心里永远的新娘。

路漫漫其修远兮

不管是凄风冷雨还是漫天飞雪，在农村的柴垛儿、破旧的庙宇或者城市街头的角落、屋檐下，总会见到佝偻着身子的非常之人，他们有的披头散发、有的目光呆滞，有的行色匆忙，或唱、或跳、或嘴里不停地嘟囔着，这是个地道的、永远以街头为家、风餐露宿的群体。

说不清是怎样想到这个话题，无法抑住心头的念想，极力要写这些乞者的。

记忆中，对乞者的印象是零星的。大面积占着心田的是影视中成群结队的背井离乡者，扶老携幼，步履蹒跚，菜黄色的面颊，无神的眼睛，穿在一起，就是灾荒之年的饥饿画面，势如破竹，在将一群群人的肌体磨损，也将人的意志收服、改编。

现实中，这样的画面不再有。在不同城市的街头，只有稀少的不明状况的乞者，分散在不同路段或流动的人群中。有挪移着的主动出击者；有坐在地上摆着家什儿的“守株待兔”者；在大一些的城市里也看到过各色艺乞。

在众多乞者当中，男女老少皆有，有的残疾、有的弱智、有的没有丁点儿可以行乞的理由，也混在这个“行业”中。不管是什么原因吧，所有这些人也只为一个目的——乞讨。

说起乞讨者话长。小时候，奶奶和母亲见了乞者，总会给吃的，同时也听习惯了那几句唠叨：“好好学习，要不，大了就得要饭。”“再懒，再懒你要饭也赶不上门儿，等人家吃完，刷过碗了，你才走到!”那时对要饭没有真实的概念，也笑着听人说，有个熟悉的要饭的，没人理他的时候，总对自己说：“大娘，给大伯点吃的吧!”也有被大娘大婶子听到的时候，就笑着骂他几句。当时也只是笑，从没想过，在他们生病或因其他原因不能走路时，也许会冻死或饿死在某个地方。

遇到乞者是常事，一次晚饭后漫步街头，远远地看到霓虹灯下一个模糊的身影，正低着头找着什么，边找边往嘴里送着，一定是找些能吃的东西吧！心下一阵紧缩，看到自己手中的包，有钱。对面，便是一家小饭店。“我想买一些米饭和菜。”店里站着个女孩子，“有。”“用袋子装就行。”那个女孩子把炒菜放在米饭上面，我付了钱出去，那个人依旧在专注地寻找着，我递给她饭菜。她没有抬头，却极自然地接了，继而快速地把手伸进袋子里，抓了一大把就往嘴里塞。我这才看清了，她已经神志不清，连讨的意识也没有。

意识清醒的被遗弃者、孤寡老人，是能引人怜悯的一类，他们平时或蹲着，或躺在地上，面前一只残破的碗或者是一个破旧的盆子，路过的人会或多或少掷些碎钞，他们也能得以苟且度日。这些真正的乞者的存在，能彰显现实中的人性，那些破旧碗盆里的多少，能看得到人们对这个群体的同情度。

几年前，总因一些事情到某个城市，每下车到站，便有许多乞儿聚拢。大都是七八岁至十一二岁的样子，一看有新面孔来，便呼一下围过来。等车的人身边，差不多都站着一个。紧跟着，拉衣服的，抱腿脚的，趴在地上磕头的，反正只要你心肠软的话，你一定会给，你不给就会一直被缠下去。黑白相间的小脸儿，有着同龄的孩子不该有的表情。“给点钱吧，”有说话的，有不出声张手要的，嗯……嗯……一只小脏手在你眼前，不停晃动着。有讨到的，去另开辟根据地了；没有讨到的当即会露出怪样，斜着眼的恨，龇着嘴的，诸多表情混杂着的算能接受的。

不能让人接受的是，你不管给或不给都走不了。有的在地上用力地抱着你的腿脚，你挪不开，也不把他们忍怎么样，再说众目睽睽之下，多数人只能选择，给！这一给不要紧，别的也都来了。就算是一个孩子一元钱，你也没有准备那么多的零钱吧！遇上个心狠的，一脚下去，那些小孩子也不敢怎么样，只能蹲在地上给自己揉搓揉搓，走开了。

后来听说，诸如此类，有记者追踪曝光的，有的纯粹是有组织的乞讨团伙，怙恶不悛，儿童是受害者。更有甚者，将不择手段弄来的儿童，虐待致残，造得个光天化日下的发财良机，直听得毛骨悚然，不寒而栗。

单位某同事曾说，她的儿子给街上一乞者掷了一块钱后，招来骂声。无非是一个嫌给得少的乞者，说来算乞中无道的人物了。二零零八年，在举国上下共渡天灾的危难之际，在电视机镜头前，一位乞者把手中积累的乞讨了多天的一摞钱，不要以为是百元大钞，全是一毛两毛的，一元两元的，总计一千多元，毫无保留地全都捐给了灾区。在电视机前看到的人们，无不为之动容。连乞者也如此，同胞们看到了同样滴血的心，让国人的良知沸腾，有了更为有效的药引。

说来说去，关于乞者，自然会在酒足饭饱之后，穿越时空，遇到了金老先生笔下的丐帮。理想中很钦佩的一类人，武功高强，行侠仗义，杀富济贫。虽乞却不贱行，令人敬佩。那一根碧绿色的打狗棒，同样折射着他们不可侵犯的尊严。

如上面那位捐钱的乞者，虽没有武功，却胜似有武功了。让一些冷清清、漠不关心的心骤然一惊。此举维艰！此可谓乞中极品人物，有心，有情，有义，有道。

年轻的乞者除了神志不清的，倒不多见。估量着福尔摩斯在华生医生协助下所侦破的那件奇案中，靠乞讨娶到豪门贵女的年轻人，也是故事中唯一的人物吧。除此，我没有看到，也没有读到过。

每个国家都有乞者，前些日子读到一个故事《伦敦街头的硬币》，是说在地面上，你只要低头，便可捡到一些硬币。原因是当地人故意抛在地上，以方便那些流浪者在万般无奈时，能买到一个面包。看过以后，深受感动，这看似平常的事情要成为平常事，还有多远的路，是多么不易啊！

面对诸多乞者时，且不管他们是如何沦为乞者的，他们现实的乞是真实的，此时的他们天作被、地作床是真实的。因而，得到一些同情和怜悯，也是应当的。

“路漫漫其修远兮”，现实中，没有生活能力的乞者，还是得不到最低生活保障。对老弱病残的同情心，人人皆有。所以，看到真正的乞者时，帮一下，作为我们，人微言轻，用一根冰激凌的钱，很是简单。

恍惚中，自己变成了乞者，在漫无边际的空旷处，双手合十，直立，虔诚地在心里乞着，乞上天，把地上应有却没有的东西，慷慨地泼洒一些到我们的身边来。

岁月的标识

夜色清亮，月光皎洁。清叶躺在床上，一脸安静地看着如水的月光，想着二十年前的一个影子一张脸孔。宁放那高高大大的身形依旧清晰如昨，想到这儿，清叶的心微微地漾动了几下。

这会不会就是人们常说的，一个人会对初恋记忆一生的日常版本？清叶不想想这么多了，清叶是相信缘分的。清叶觉得每个人都得信缘，既然缘没让他们在岁月中同行，她也认命地信了。想想，那是一个被多彩的霓虹染亮的夏夜，清叶就在浓浓的林荫路上，看着宁放，下定决心说了分手的话。直到宁放一脸失望地在自己视野里慢慢地移动着，变小，变无。

当时清叶的心是一种被顷刻抽成真空的感觉，却没有女友们说过的那一种难以形容的几近疯狂的心痛。这时，清叶信了女友的话，清叶真的是个不懂爱的女子。不懂爱的女子也就体谅不到、不懂得失去爱后痛彻心扉的感觉吧。这样的解释，清叶认为在逻辑上是符合实情的。

宁放走了以后，清叶并没有马上回。在林荫路的路灯下，清叶不知把心放在哪里，前进一段路，返回来。再前进，再返回，清叶一个人徘徊了好一阵子，在和马路较劲的同时，清叶把宁放和自己交往中的这一年，从由一个美好的初衷开始到眼前散落的前前后后，再到最近宁放对自己各种变化上的说辞，都里里外外地想了一遍。

宁放曾说自己纯情得像个天使，这是最初宁放说的，并赠了带着枫叶的贺卡一张，上面有“汗香枫叶艳，勤奋幸福来”几个鲜红的粗体艺术字。至于宁放说了多少赞美自己的话，清叶实在记不清了。可转眼间，宁放就说，自己一到乡下工作，和城里人就不一样了。言外之意是自己变土了，变不一样了。是，自己毕业后被分配到乡下一所中学，教语文，带四个班的课，工作累不说，还有没完没了的作业要批改，有时间还要帮孩子们补课，还要家访，还要和孩子们打成一片。怎能和你相比呢，毕业分到国税局工作，天天白衬衣领带。宁放还说她没有了在学校读书时的明净。这么忙的工作，哪里有时间只顾自己的利落清爽呢。所有的这些在心里想反驳宁放的话，清叶一个字也没说出来，清叶认为这些，应属于不言而喻的范畴才对。

最后，清叶将这些错落的心情和场景，拼图一样地拼在了一起，感觉怪怪的，清叶觉得自己这次是真想明白了，自己就是个不懂生活、不懂爱、不懂情趣的女子吧。至于宁放怎么想，清叶也说不清也不想再想了。清叶想不通的还有自己应该如何处理今后的日子。直到想累了，清叶才慢怏怏地踱回了教职工宿舍。

那一年，清叶 28 岁。

想完这些，清叶开始想，宁放也不知从哪儿弄到了自己的电话，说想让自己帮他做成一笔生意，给学校的学生批发一批课外的复习资料，还有考卷等等，因为这笔生意得要清叶同意帮忙，才能再帮着找校长。二十年没见过面，各自都有一个稳定的家，清叶不想因为这么点事再见宁放，是真不想。因为清叶太认死理了，清叶曾在一本书上读过一句话：“不要再和自己有过情感瓜葛的任何人有任何关系”，清叶当这句话是至理名言，就一直记着，记着。想到这儿，清叶发了一条短信给宁放，我不想见到你，我试着帮忙就是。

大街上的汽笛声一阵一阵划开了清叶的思维，当清叶到了县城从车上走下的时候，还是看到了宁放。宁放含蓄地微笑着，一如初见时的笑，宁放示意清叶坐进他的车里。清叶坐进了宁放的车子，坐在了后排。

“不着急，说会儿话怎样?”清叶不说话，只听宁放又接着自言自语：“我的孩子一直教育不好，真后悔说媳妇没说个教师。”

“你怎么样，好好帮我，等这买卖做成了，你也多嫌点儿回扣。”宁放继续侃着，清叶听到的是欲施恩于人时的语调。

“我有工资。你也有!”清叶说了见面后的第一句话。

“我只是借工作之便，赚点小钱花花，又不犯法，无可厚非吧！你怎么就这么认死理儿呢?慢慢想，相信你就会想明白的，嘿嘿……”宁放说完，放开地笑着。在清叶看来，宁放完完全全当自己是一位革命老大哥。

“我得走了。”清叶打开车门，头也不回地下了车，任凭宁放恋恋不舍的眼神，在那张臃肿起来的脸上，不自然地摆动着。这时的清叶，心里慢慢泛起一种叫不上名字的痛。

清叶回到自己的车上，心里想不明白，那么高高大大一个男人嘴里满是回扣，清叶感到深深的失落。在刻意地又打开记忆时，那张枫叶贺卡上的字，在清叶的眼前慢慢模糊了起来。

长长地叹了一口气，清叶开始感恩岁月，是岁月让自己在两分钟内，将二十年一并看明白了。清叶更感恩岁月的是，在岁月的年轮里，哪些是应该记住和应该守候的，哪些早应该变得模糊，岁月深深懂得，并标识得无比清楚。

远近高低各不同

夜的幕帘还没有完全合上，习惯了在田野劳碌的人们，对冬天蜗居在家还不习惯。邻近的几家人不想进屋，就在院里来回踱步。透过落光了叶子的杨树缝隙，人们听到了从大贵家传出阵阵和以往不同的声音，有铿锵的锣鼓声，有甜润的江南小调，还有许多是从没听过的热闹声音。

大贵这小子可真行，第一个弄回个会说话、会跳舞的物什，村子里老老少少一时间都传遍了。自从大贵发了财，看人的眼神儿也像镀了金，黄澄澄地亮，也不知从哪天起，村里人都说，他不再是以前的大贵了。

大贵是张家招来的女婿，上门六七年了。因为脑袋瓜子好使，自己开了一个小金矿后，转身变成有钱人，东一件，西一件，没少给家里添置新鲜家什。有人就夸大贵人老实，还有出息。也有人说，我看他不是什么好鸟，别看话不多，忘了刚结婚那会儿，他丈母娘让他烧把火，他就把灶火堵得满当当的，只冒烟，后来再不让他烧火了。

这天，大贵弄回了三十四寸的大彩电，人们还是没禁住内心焦渴的呼唤。周围的邻居们思来想去，觉得他再有钱也是上门女婿，再说有大贵的媳妇英子撑腰，到他家里看看电视，那也是瞧得起他。

晚饭后时间不长，三三两两地就兴奋地陆续到了大贵家。片刻之间，因一种新鲜事物的突然闯入，大贵家的客厅里就座无虚席，挤得满满的，一张张兴奋的脸儿都目不转睛地看着，笑着。

一

大贵好不容易找了个地方，挤着坐下，一边听着老辈儿小辈儿的夸赞，一边满足地欣赏人们眼里的羡慕，甭提多得意了。

“你小子，咱村就你最能耐，屋里土暖气也烧得热乎乎的。嫌我们到你家看电视吗？”

“大伯，看您说的，这哪儿跟哪儿啊！随您什么时候，想来就来。”

“我们也不会太晚，不超过十点，全走，不走的我轰他们。”

人们感觉到了生活巨大的变化，这世上竟然还有这么神奇的东西，画面上的东西跟真的一模一样。

屋外起风了，西北风。远远近近十几个人沉浸于电视节目的新奇中，有只看热闹的，有看新鲜的。他们根本没有想，也不会想天的变化。

大贵好不容易等到最后两个人站起来，几句寒暄后出了门，屋里才静下来。

“真没想到，买回来一个大麻烦，真没有想到。”大贵自言自语。

“又没少了你什么，不就是热闹会子嘛，还至于这样说话，还不小声点儿，让隔壁的大伯听到，还不气坏了。会说你到底是倒插门的女婿，没良心的鬼。”

“唉，要是天天这样，哪天是个完啊！”

大贵有些疲倦，略略收拾了一下乱乎乎的屋子，就倒头钻进被子里。

二

又是一个夜晚，还是喜欢看电视的那些人，又陆续进了大贵的屋子。

“英子，大贵呢，去哪儿了。是不是不想让我们来，躲起来了。”

“哪里话，他说出去有点小事儿，去去就来。”

“真的假的？”

“真的，你们喜欢看哪个台，先看着，一会儿啊，他就回来陪你们唠嗑儿。”

多数人一致赞同看的频道定下来后，屋里才安静了，都在静静地看电视。人们没注意到大贵悄悄地进了屋。

“哎呀，你们来我这儿看电视，也不能干坐着看，昨天是我没想到，今天可不能亏待了大家，来，吃瓜子，吃糖，喝茶水。好茶呢，我挑最好的买的。”

人们看到大贵脸上的热情，都很高兴，老人们也乐呵呵地喝起了茶水，嗑着瓜子，听着小曲，简直是神仙日子！英子还真没看走眼。人们边看电视，对大贵有了新的不同的认识。

“你们看人家大贵，不仅脑子聪明，有钱了对村里人还和以前一样，一个眼看的。”

曾经暗地里对大贵有过非议的人，心下也后悔着，看错了人了。唉，真是不识好歹，好好一个后生，差点就错怪了。

近十点的时候，英子收拾完乱丢在地上的瓜子皮、糖纸。收拾好坐过的凳子，洒了水，扫过地，打开门让老旱烟的味道跑出去。这才关好门，上了床。

“大贵，你真好，还知道买吃的，这下子，你可让老人们在暖和旮旯里说你好呢！老人们就爱说这些。”

大贵笑了笑，说吧，愿说什么说什么吧！

三

“是不是大贵又去买了，不要再破费了。让我们看电视就知足了。”

果然不出所料，大贵进门时，笑嘻嘻地又提回一大袋子东西，比上次还多了些苹果、梨。

“大家先吃着瓜子，我帮大家削些水果，润润嗓子。”大贵摘了棉帽，就去洗水果。然后坐下来，一边削水果，一边陪大家看电视。

“大贵，你不能再这样了，你这样我们怪不好意思的。来你这儿看电视已经打扰了，你小子也太客气了，拿我们当客人啊！”

“没关系，没关系，既来了，就不能让大家干坐着看。再说，大伯您也知道，我这些年没少挣钱，不差这点儿啊。您老只管看，看得高兴就是看得起我。”

“你看你，你看看……”

四

“大贵，今天怎么没人来了？应该都吃过饭了啊！”

“再等等，看有没有人来。没人来我们就躺下，钻在被子里看电视，有遥控不用再起来开关电视。人就是没钱，要是有了钱，什么都能有。”

又一个小时过去了，早过了看电视的时间，仍旧没有一个人来。

“这是咋回事啊？别是他们也买了电视了？”

“不要再问了，他们不会再来看电视了。也没买，只是不会再来了。”

他们果真再也没来看过电视。

清　茶

如果不是亲自体会，你绝不会相信这世间的另外一种存在，简单、明快，有着乡间花草的自在和洒脱，有饮到了清茶一样的感受。

从另一间准备安装传送窗的孔中，能看到正在装修的大房间。衣服上沾满泥尘的装修工人，正在屋正中，在铺了层木板的水泥地上，睡得香甜。于是屏了呼吸，怕惊了他们。

暖气门窗要换，自来水管道要改，最主要的是现有的电线所承受的负荷不够，从三楼到一楼，要重置一条高负荷的电线。一位身材高大着一身迷彩服的黑脸膛电工，应邀来了。

不知是他的工作习惯，还是因为自己的技术工种，有着人为区别于其他工人的几分傲慢，写在他目光的正中央。

与电表相比，属边缘的电线安置完毕之后，便是要穿墙而过的三条近十米的电线。面对目光中的疑问，我首先想到的将连接电表终端和末端即墙体内外两端剪断后，连接备用电线，再顺原路拉拽通过。

几天内一直专注着电线的眼神，倏地明亮了起来。

一个春阳明媚的下午，黑脸膛的电工要我打开屋门，要从我所在的三楼办公室的窗子里，向外关注墙体外那丛电线的入口，以便让新接好的电线顺利穿过。此时，高大的电工正站在楼底一户人家的屋顶上，楼内从电闸位置往里正拉电线的是两个身材矮小的中年男人。

屋内的工人和屋外的电工，转着弯儿地隔了两层楼，我只好来充当这次具体穿线工作的传声筒。由于不了解墙内穿电线的具体路线，只好用力拉拽来完成。站在楼下的高大电工喊：“拉！使劲拉！”

我就及时将这几个字传过去。

墙外小孔处的电线，一动不动，几次喊话后，仍是一动不动，楼外屋顶上黑脸膛的电工沉不住气了，发起牢骚：真没用！

我走到接电盒前，只见那位用力拉的中年人，已是气喘吁吁，手中的电线故意和他较劲似的，一动不动。一转身，黑脸膛的电工早已走到了我们的身后，只见他站在椅子上双手用力握住电线，猛地一拽，电线竟然一节一节地被拽了出来。两个中年男人互相瞅着，可能是自愧不如吧，一句话也不说。这时只见他瞪着其中一个中年人：你还站在这儿干什么？还不下楼去看着点。又对另一个中年人喊：你不是拽不动吗？这不是出来了！这不是出来了！

很是气呼呼的语气。起初，站在旁边被数落的中年人不吭气，一而再，再而三，我便笑着接了一句：呵呵，一定是你馒头吃得多。听罢我的话，力气较小的中年男人也开始嘟囔：出来怎么了？出来就怎么了?!

黑脸膛的电工只顾着拽，不再搭话，工夫不大，随着汗珠子吧嗒吧嗒落地，墙外的电线都拽回来了。

接下来，是把新接好的电线，再从楼里拽到楼外。黑脸膛的电工接好后，将三根线头拴好，送到通往楼下的孔里。对着身边的男人喊：你还在这里干什么？你还不下去和他去拉哩！又挨训的中年男人怏怏不乐地下楼，走到窗下我的传话范围内。

“让他们拉”，楼里在命令。

“只拉着不动，拉直就行。什么也干不了。”

“一直用劲拽。”

“慢点，等一下。钢丝快折了。”是楼里的担心。我看看钢丝，不以为然，十公分的钢丝怎会经不住这么一段墙体的摩擦，转而一想，他的担心是正确的，还有什么不可能。前些日子，表叔腿上新手术后置入的钢板，不是折在了骨头里，重新手术的吗？

“歇一会儿。”楼里的电工坐在了办公室的沙发上。继续说：手也拉疼了，说他们几句还不让说，什么也干不了。我一个人跑了楼上跑楼下。再干活再也不找他们了。

我拿了两块毛巾，分别递给他和楼下各一，让他们握线时简单护一下手，又随手泡了杯茶，放在那位电工的面前。他不再说话，喝着茶，打起精神。几分钟后，等他重新走到还要继续拉的线前时，我抬头又开始传话，直到传话结束，我找不到谁可替代我的角色。

此时，窗外的两个中年男人余“恨”未消。一边坐在房上，一边把话说给楼上的我听。一个说，看他那个脏样儿，干点儿活，吆三喝四，也就会穿穿线，要是有你这么个地位，他一个人也留不住，全不给他干了。说完，两人齐声哈哈笑了起来。如果不在场，你会以为他们是在自嘲。笑完，又继续拉。

又是：“用力拉。”

“停。”

几个回合过去，还是很有效果，墙外穿线孔处露出了线的接头。

“出来了出来了！”两个中年男人高兴地笑了。我也冲着楼里说：拉出来了。

黑脸膛的电工兴奋起来，扒着窗台看了看，才相信了。“再拉一下再拉一下。”终于，在用了两个多小时以后，线全部拉出来了。楼里的电工和楼外的两个工人，自从电线拉出来后，都笑了，再没有一句埋怨、没有一句带气的话。

我为他们准备好了清茶。解决了难题的几个人坐在沙发上，他们大口地喝着，边说边笑。如果脸上没有汗，他们就像刚进来一样。没人知道他们刚经历了什么。

第四辑

生命的密码

生命的密码

时间哧溜溜地往前滑着。

刘一林觉得自己站也不是，坐也不是。他把扫了眼标题的报纸，顺手扔到沙发上，几步走到卧室。到了卧室他又不知道做什么，哪怕是拿或者放什么东西也好，可手里是空的，什么也没有做。一会儿，他又从卧室急走到书房，看看满架子的书，眼里空空的，盯了半天也没拿下一本来。索性，走到更衣室的落地梳妆镜前，立定，理了理亮白的衬衣，左右轻晃了晃脑袋，等到脑袋瓜子不晃了，他才在镜子里看清楚自己，和以前相比，自己的身材相貌都没有多大变化，变的是自己的身份。

以前在镜子前站，是要出门到单位了。那时，楼下准会有一辆黑色的奥迪，早早停在那里。只要他稍一露头，那个西装革履白白净净的小伙子便会从车里出来，毕恭毕敬地替他打开车门。可现在，自己又这样站着，又整了整已经很平整的白衬衣领子，自己要去哪儿？一没有规定要着装的会议，二也没人宴请自己。

刘一林长长地叹了口气，不自觉摸了下已很少响的手机，自己已不再是县局的一把手了，已经退下来一个多月了。却始终调整不了以前的生活习惯。刘一林走出更衣室，又歪着身子坐在沙发上。他不用眼看，只反手朝着报纸堆，随便捋到手里几张报纸。

一封信从报纸里跳出来，跌落在地板上。刘一林捡起来一看，似乎一下子没明白过来掉的不是报纸，而是和报纸不同的东西。

刘一林看了看字迹，笑了。是在读大学的女儿寄来的。女儿信中说道，要她亲爱的爸爸多运动，好好调整心态，以前去哪儿都是前呼后拥的，现在终于安静了。不要患上“退休失落症”。现在也有时间了，是该多关心还在上班的妈妈的时候了。最后，竟用了将近三分之二的篇幅，委婉地说一件事：那就是，她想让曾经十分优秀的语文老师，退休了的局长爸爸，认真考虑一下，去做一项公益事业。那就是：到家附近一所为民工子弟组建的中学，义务当语文老师。她还重点说，这对他的退休生活，只有好处，绝无半点副作用。

看完信，刘一林突然觉得女儿真是长大了。她心里开始牵念着父母了。可一会儿又觉得，她还真是个孩子，竟然劝说父亲去支教，还认真地帮父亲填好了表格，只差签名了。难道这样的事情，就非得自己的父亲去做吗？

可是，既然女儿这样说了，就得回她话：我会认真考虑这件事，给我一些时间。这是刘一林在局长位置上时的习惯，他不习惯劈头盖脸地断然拒绝任何事，更何况是自己的女儿。可是刘一林心里始终坑坑洼洼，粗糙得厉害。直到有一天，他的手机里响起了小舅子郑现的声音。

小舅子说：姐夫，再过几个月，我有可能被提拔为省委组织部副部长，到时候，有事你就只管说话。这个消息让曾经的刘局长觉得戴上了带有异域风情的绝美花环。他又像是久旱被雨水浇淋后，支棱起来的秧苗，人顿时精神起来了。

他想的是，几个月以后，县里大大小小的干部们，还不都得继续围着他转来转去。至于转速，可能还会再快。到那时，自己虽说退了，等于没退。想到这儿，刘一林刚刚退休还未正式降落的心，又悠悠球一样上上下下跳跃起来。这时，循着茉莉花香，刘一林看到阳台上的茉莉花还开着。这花，到底会连续开几个月？

杏儿熟的时候，刘一林刘局长退休后的日子，已经被那个消息安排得规整多了。早起散步。午后聚到小区的林荫路边看人下棋。晚上，躺在床上耐心等待那个让心兴奋欢喜的消息入梦。

刘一林穿白衬衣的习惯就这样延续着，小区里的人都夸他爱整洁，爱干净。

那天上午，听到有人敲门时，他正在报纸上有意无意地搜着新闻。他打开门一看，是邻居钟老师，钟老师脸上是一副央求什么的表情。见到刘一林头一句就说：我今天生日，几个学生要来，能来陪我过一个生日吗？刘一林一听是钟老师要过生日，不只因为是邻居，是看到了钟老师的表情，便极为爽快地应了下来。

临近中午，刘一林身着白衬衣，出现在钟老师的家。进了门，钟老师的几位男女学生，早在沙发上笑着，说着。见刘一林进来，一齐站起来迎接他。这时，钟老师也从里屋走了出来，并指着墙上的几个字说，这是这位学生的作品；又指着桌上的一轴画说，这是这位学生的作品。刘局长见多识广，还请多指教他们一二。没等刘一林开口说话，门铃又响了起来，又有学生微笑着走进来，浅笑着冲众人打了招呼后，将一本书恭恭敬敬地递到钟老师面前：老师，这是学生新出的诗集，还请老师多批评，并祝老师生日快乐。就这样，一会儿一盆花，一会儿一本书，一会儿一把折扇，工夫不太大，屋里便挤满了学生们。

此时的刘一林，觉得眼前这些花花草草，书书画画之类，有点淡而无味。但是刘一林却发现，钟老师先前邀请他到家时隐隐约约的愁绪，已经消散。倒是自己，虽说见惯了比比皆是的名贵贺礼，却没有过钟老师此时的欣慰和快乐。他一边观察一边想，眼前的钟老师欣赏学生们，如欣赏一个个艺术成就般的眼神，和刚才乞求的眼神，无论如何联系不到一起。刘一林感到莫名其妙。眼前的气氛让他有一种灵魂脱壳般的遥远的陌生。

学生们帮忙做的菜，一盘盘摆了足足三桌。和钟老师、刘一林坐一桌的，还有另外五个学生。等大家挨个儿坐定，喜庆中更添了一种极度放松的欢乐，一张张脸上是一种精神世界里极为鲜明极为主动的笑容。这些笑容倒让当了二十年局长的刘一林内心不自主地感动起来，因为他将眼前和过去的一些场面穿插在一起。而且，他突然感觉到，自己无意中注意到了从不注意的物理变化和化学变化的不同。

想到这里，刘一林觉得无论是年龄，还是身份，自己今天到这里做客，显得不伦不类，格外多余。那些晚辈们明快的成串的贺词，伶牙俐齿的祝福话，一串串地说着，钟老师和刘一林的酒也一杯接一杯喝了下去。随着一杯杯酒下肚，时间不长，两人都有了醉意。

就在刘一林带着几分醉意端起酒杯，也要附和着说几句贺词时，钟老师猛地站了起来：刘局长，你，到底，吃了什么仙丹，你，为什么，从退休就没有精神落差，我自打这几年不上班后，我……我……我只是一个老师，我睡不着觉，天天醒来就觉得要去操场了，半夜醒来，要去备课。你为什么调理得这么好？你倒是实说，要实说，我真佩服你。你和我说实话，也让我的学生们听听，让我的学生们知道知道，对于退休，你才是我的老师。这世间的人，我没几个佩服的，我观察你好长时间了，你活得真规律，真快活，你说，你说……

刘一林管一个科局几十年，筹划了近半辈子的整体工作，却没料到在一个普通的生日宴会上，会有这样一个深刻的课题。而且，还只让他一个人做，还要做出一个近乎完美的答案来。一时间，刘一林真不知道该说什么。他不能实说，不能说内心的失落，不能说内心的烦乱，也不能说一直到今天了始终没放下。

不能说。

刘一林刚开始听着刘局长这几个字，有点儿耳熟，还有几分受用，再往后听，刘一林觉得：今天真是来错了，来错了。

我！哪有啊！钟老师醉了，我也醉了。说完，刘一林站起来，端起一大杯酒，一口气喝了下去。然后，冲钟老师抱抱拳，说：过一个月，我也过生日，到时候，我请你，说好，我请你，你也得陪我过一个生日。说完，刘一林歪歪斜斜地走出了钟老师的家。背后，那些年轻的目光中，都有什么，都看到了什么，他不愿去想，也不敢去想了。他不在乎这些。

自己到底在乎什么呢！

轰轰隆隆的声音传来，他觉得似沉睡了多年一样。醒来时，不是年少时一山又一山娇人的绿，便是那年春天的桃林中，粉嘟嘟的花瓣映着他和妻子相见时醉红的笑脸。

一夜无眠，天不亮刘一林就迫不及待地拨通了女儿的电话。时光终于不再隐藏什么，似乎只是在一夜之间，刘一林就破译了生命的密码。

柳絮飘飞的傍晚

柳树渐生出了金色枝芽儿，一天又一天，那金色就渐次变成鲜活的绿了。倒春寒时的风雪突袭、冷空气的无情扫荡，都抵挡不了诱人的绿意在视野里漫延。单元楼院子里这几棵柳树，不是垂柳，所以没有印象中的婀娜曲线和轻波荡漾时的温顺，只有那绿，浪漫、空灵、自由自在地荡漾着春的气息，焕发着生命的色泽。

退休前的张明月，从没有在意过这片绿。一年四季，每天早餐后，他会将自己收拾整齐，走到楼下，上到一辆静候着的轿车里，然后他的世界就和家的周围所有的一切，隔得好远。至于说楼下树木的年轮里记录着什么，楼下紧挨的农贸市场旁边又是怎样一个世界，他从没有想过。

在这儿做生意的所有人都认得他。在县电视台上看到过，在人们口里听到过。他口碑不错，时常替老百姓说说直理。他无论走路还是讲话，都显得仪态端庄，浓眉大眼，又不失清雅之气。他经常在众人簇拥下，在县里某个地方指导着什么，人们虽说没有和他近距离接触过，但还是觉得和他挺熟。

张明月以前常上车的拐角处，有个馒头作坊，传出的味儿常顺着过道传得很远，那醇厚的麦香直入心脾，真恨不得立马能咬上几口。馒头铺相邻的是家商店，经营一些日常用的小商品。店门口摆着一张旧方桌，常围着桌子的是楼里楼外的邻居们，打扑克、下象棋，路过时免不了听到为一步棋争来争去，继而又会有毫不掩饰的朗笑声，散得满街都是。

不知是什么时候，这笑声感染了刚退休、家住二楼的张明月。他移步下楼，踱着步子，背着手，依旧以步入会场的姿态，一本正经地慢慢向着那片笑声走过来。

正开怀大笑的几个生意人，认得他。见他走过来，笑声渐缓，渐低。其中一个抬头看到他时，张张口想要打声招呼，一时又找不到合适的字眼儿，就半张着口，没有发出声来。

“你们玩象棋呢？”

“我们瞎玩，不能和你们识文断字的人比，要是不嫌弃过来支几着？”

“我也不太会，看看。”

几个人依旧在琢磨着象棋，想下一步应该怎么走，只是觉得有这么大一个官儿，在旁边站着看，除了有些不自在，也感觉有点怪。

他们的声音不似先前那么爽直了。只轻轻在说着关于下棋时的一些话。

张明月轻轻扫了眼没有经过风雨的双手，又看了看自己身边人又黑又干、还有裂纹的手。就下意识地，又将手揣回了兜里。身体也与桌子、棋盘保持着一定距离。再看那些棋子，黑乎乎的，早分不出原来什么色儿了，只勉强能分出车马炮来。张明月想到干部活动室里的象棋，个头大不说，干干净净，棋盘也是厚厚的布质高档货，而眼前这棋盘，不知是用什么笔蘸了黑墨水涂画的。

想到这儿，张明月想起小时候，家在农村，在野外玩疯了的时候，脸上也是黑泥巴，手上也是，所玩儿的东西全是自然天成的沙子、木条等物什，不也玩得高兴得忘了回家，太晚了还挨过骂吗？那种放开玩时的心情历经几十年以后，已走远了。

“跳马，跳马”，张明月的思绪从童年折回时，看到有一步必胜的棋，不由得说了出来。

“还真是，我赢了。还是有学问啊！”一个头发打着卷儿的中年男人笑着说。

张明月听惯了好话，却感到远没有今天这话来得实在。些许的满足，重新涌上心头。

“你们先玩着，我有时间了再来。”

“有空来！水平就是不一样啊！”张明月笑着走回了楼里。感觉步子轻快了不少。看来人还得多出来转转，只在家憋闷着不行啊！

“他怎么有空看咱们下棋？以前可是天天在电视上看他呀！”

“听说退了！”

“退了？怪不得，那和咱们一样了？”

“哈哈……一样是一样，可人家就是下棋也比咱水平高。”

“再来了跟他学学，到了不还得和咱一样嘛！”

张明月走后他们说的这番话，他没有听见。即使是听见了，他能听出来他们和他在心理上的距离，已经发生变化了吗？

推开窗子，张明月头一回认真看那棵柳树上的柳絮，一天天长着了。真快啊！他打开电脑看了看新闻，又看了几眼报纸。因为思维远离了办公楼里身居高处的微妙，又不知停在哪儿，不由又思恋那盘黑乎乎的棋。他不想承认这种想法的真实性。只认可他们在黑灰色的棋盘上，厮杀得那么开心，笑得那么肆无忌惮，和他多年来见到的笑相比，他感觉更踏实。

他想，好好地睡上一觉。

一

张明月感到了生活空前的改变。一天又一天，他开始在意窗外的鸟儿和院里的柳树的动态和神情。他还推开玻璃窗听了听楼下熟识的笑声，第一次闻到蒸熟的馒头散发的麦香味儿飘进了屋子。他使劲地嗅了嗅，心里又一阵紧缩，想起了麦田新浇过水时的芳香，独一无二的香味儿。

隐约，他还是能看到一条线，一条和他们分得很清的线。

线的这边，他在张望着那边真实的热闹。心蠢蠢欲动，按捺不住的张明月，一次又一次地走向了黑色的棋盘和干巴巴的棋艺。

来得多了，人们便不再对身旁站着的张明月有所顾忌，渐渐地恢复了以往的心直口快。张明月依旧偶然点说着棋盘上的奥妙。对于棋盘的颜色，不再关注，不再有厌恶情绪。反正自己不摸，只说说，热闹一下，还能怎么样。

他在这个动态的人群中，看到了他们会热情无私、帮助别人的一幕幕；他在这个人群中听到了最坦荡的笑声；他渐渐被最贴近生活的味道熏染，找到了遗失多年的真实。

“张主任又来了。今儿再跟您学几招。”

“不要再叫我张主任了，我退了。”

“那叫您啥？”

“随便，叫我老张就行。”

“也好，老张，过来，过来站这边来……”

二

张明月又走到那只要不刮风下雨，便聚着人的地方。依旧是那张破旧的小桌，依旧是车马嘶鸣，依旧是众口难调的进退。

“老张，你也杀一盘，来来，给你让个地方。”说着，一个熟识的面孔退到了一边。张明月压根儿没想过还会和他们一起下棋，一起笑。可是眼前的他欲罢不能。

眼前只有车马炮的队伍，没有了桌面上的痕迹斑斑；再次想象棋子原本是什么颜色的心思也没了。昔日活动室里的规则和亮度等等所有的一切，都被一股从心底涌上的热潮，完全取代了。

“还是老张行，不愧当过官，就是不一样，脑袋瓜子好使着呢。”

“这么好闻的馒头味儿，还能不赢？”

“看老张你说的，馒头味儿好才赢？那我们也是天天闻啊！”

“可不是，不好使能当上官儿，这官儿也不好当啊！是不是老张？”一位老人用力拍着他的肩膀。“实实在在地说官儿也不好当。”另一个人在旁边应和道。

老张，是啊，自己不是小张了，不是老张嘛！张明月心里细细地想着，感觉着刚被人拍过的肩膀，已多年没人这样拍了。

从此，自己是老张了。

张明月感到自己这么受欢迎，和以前前呼后拥的味道相比，这里的空气是自然气息，真实极了。

几盘棋过后，老张带着胜利的喜悦往家走，到家洗了洗手。水为净嘛！桌子是脏了点，和以前在泥土地上打滚的时候比，干净多了。

他感觉脚下的土地是那么坚实。

柳絮飞起来了，漫天飞呀飞，没有方向，没有目的，轻绕过人们的头顶。不管你是谁，只要你裸露在晴空下，这柳絮便用同一个眼神看着你，如同头上的太阳、月亮、风雨。

说到雨，春雨真的就来了，在这个傍晚。

漫天飞舞的柳絮经雨丝轻轻一拍，很自然地落地了。没有嗔怪，没有不情愿，只是轻轻地落在地上。好像它们对于事物原本的规律，已很熟识，它们本来就是要落入大地、融入泥土的。

或许它们更明白，大地的怀抱已张开得很久了。

没见过世面

半黄不绿的秋叶子，哗啦啦地飘离树粗粗细细的枝丫，一会儿，地上的叶子就一层接着一层。这些颜色深浅不一、大小不等的叶子，似乎还带着极大的不情愿，怨着什么似的随风向前，漫无目的地被风卷着，迅速挪移着。

马上就是冬天了，眼看再有一个多月，这头猪的膘就能长好，下年吃的油和肉就没问题了，没承想平时能吃能喝的猪一病不起，找兽医打了好几针，也不见好，眼下竟到了奄奄一息的地步。

此时的二栓，蹲在地上，两眼迷茫，找不到一点儿办法。只能干瞪眼看着它，除了看着它，还能怎么样？

三十多岁的二栓，爹死得早，家中一个常年半病的老娘，守着几间破旧的平房，两亩薄田，艰难度日，不知是因了穷困，还是因了二栓的憨厚老实，反正没娶到媳妇。

眼下，娘身体不好，城里的二表弟要娶亲，给了信儿。娘说借钱也不能丢脸，凑份子的事儿可不是小事儿。正经亲戚就正经来往。可到谁家借去？按表亲最少也得拿五百块。

二栓不忍一直盯着那头猪，独自到地里，拔了会儿草，又到家草草吃过几口午饭，再到圈里看时，那头近二百斤的猪，四条腿儿已经伸直了。

因为娘看着猪快要不行时，就发过话：“要是这猪治不好，也是命。穷人的命就是这样，老天爷也不让你有个舒心的时候……”二栓按娘的吩咐，好不容易将这头死猪拉到村下河边，挖好坑儿，在将它推到坑里之前，二栓坐河边竟止不住地，呜咽起来。

村边的公路上，没有人影儿，偶过的大车小辆匆匆，没人体会到此时这个乡下人的哭声里都有些什么。山静静的，河里的水固执地向前流着，也没有回头看看什么的心思。

正在埋头哭的二栓，听到有人和他说话的声音。不知什么时候，有两个人已从公路边停着的车子里下来，走到他跟前。

“大兄弟，你这猪卖不?”

“不卖。”在二栓心里，娘的话是圣旨。

“多给你点钱，你这猪没法儿和活猪比，不过，我们也不让你吃亏，给你五百块。”其中一个嘴角长颗黄豆大黑痣的短胡子男人，看着二栓大声说。

“你钱就那么多吗?看你这穿着，也不是有钱的主儿，就别装了。趁我们现在还要，你就松口吧!”另一个人在旁边也不无揶揄地帮着腔。

此时的二栓，一边想的是借不到五百块钱时娘无助的眼神儿、和几十年如一日叮嘱的做人不能昧良心的话，也一边在认定自己的猪没大毛病、吃不死人时，眼前晃动着唾手可得的红红的五百块钱，再不用看脸子去借钱了。

那两人见二栓不再言语，又接着说：“好了，给钱，我们抬走了。你还真走运，否则，过几天，你这猪还不烂成一堆粪土，一分不值。”

二栓稀里糊涂就接过了钱，那两个又喊二栓帮忙，只一下，就将这死猪装上了车。

车子走了老远了，车身后的那缕烟尘仍在漫飘，向着更高，向着更模糊的空中不停地飘着。

手里捏着钱的二栓，没敢径直回家。朝离得不远的另一个村子走去。等天快要黑时，才轻手轻脚地返回家中。

“去哪儿了？这么晚才回？”

“去借钱了，后天不是表弟娶亲嘛！”

“借上了？”

“嗯！”

“那可得好好惦记人家的情分，以后人家有用得着的，全劲儿帮忙。人得讲良心。”

“我知道。”

说这些话的时候，二栓根本不敢抬头正视娘的眼睛，怕娘看出他有什么不对劲儿的地方。

一天又一天，卖死猪的事儿仍缠着二栓，他心里不安。所以，到表弟办婚事的那天，二栓早早地挑了件能穿出去的干净衣服，又听娘劝了会子老话。无外乎是，到了城里大饭店得懂规矩，不能伸着筷子找喜欢的菜吃，让人笑话说乡下人没见过世面等等，类似于讲给小孩子的话。

好几年没进过城里的大饭店了，表弟家是大户人家，表弟的婚礼自是不用细说的排场。

二栓穿过喜庆弥漫的人群，好不容易挤到了账桌前，付了礼钱，被一个胸前戴朵红花的女子和气地安排到一张桌子前，坐定。然后，随众人一起看婚庆公司主持的喜庆洋溢的婚礼，穿着白色婚纱的面露娇羞的新娘，满脸笑容的新郎，外加婚礼主持人俏丽的容颜、幽默不失风趣的祝福话。让二栓觉得自己真的是见世面了，五百块钱没白花，好像是电视上的节目那么好看。当新郎托抱着新娘离开婚礼现场，随着一阵阵掌声，随着鞭炮噼噼啪啪的声音传来，婚宴正式开始。

七荤八素，山珍海味，盘盘碟碟，想吃什么，应有尽有。二栓开了眼，更开了胃。这时才感到自己早上没吃饭，饿着肚子来，是多么的正确。

想到这儿，二栓不由自主地偷偷笑了起来。什么地、猪、病、庄稼、媳妇，统统滚开吧！从不喝酒的二栓，也被敬了杯喜酒，按风俗，喜酒不能拒绝，会沾上喜气。

酒足饭饱的二栓，很高兴今天来参加这场婚礼，吃了好多年都没吃过的大餐。这家可是县城最好的饭店。二栓从桌上拿起张餐巾纸，抹了抹嘴上的油，从人群里挤了出来，他要赶回家的班车。

“你怎么来了?”

“我表弟娶亲。”

“你不认得我了?”那人嘿嘿一笑!

二栓定睛一看，愣住了。他看到了那颗在河边遇到的黄豆大的黑痣。

那人在二栓的耳边轻轻地说，“今天席上的猪肉，味儿好吧！全是托你的福，用蜂蜜红烧的，可香了吧!”

“什么?!”

二栓听到这儿，心里一阵恶心，吃过的酒菜一下子全从胃里倒了上来。再看二栓，满脸通红，脚步踉踉跄跄，一副醉态，冲出了饭店。

“看，这乡下小伙子，没见过世面，没喝过酒，喝高了吧!”

离了席的人，都看见了二栓的步态和地上的大片秽物，边仰着头嘲讽、边大笑了起来。这其中，也包括笑得最高兴的那颗黑痣。

新红的心事

新红走进单元楼的院子时，看见风正卷着枯黄的落叶，往院子边儿上用力推。风不大，要卷走这些叶子，就显得有些吃力。风的身后，一片片院子渐变得干净起来，像是单为新红扫开了一条通道。顺着这条通道，新红拖着一身疲惫，走进了家门。斜靠在沙发上，不想再动弹。

每隔一段时间，她的心事就会重重地复发一次。她的内心便会开始和一些数字进行新一轮的较量。一会儿做加法，一会儿做乘法。还有那个组合在一起的阿拉伯数字会立在自己眼前，阻挡着她远眺的目光，时而让她生出缕缕无奈，时而她的脸上也会露出一汪浅笑。

新红想来想去，和以往一样，依旧想得更累，干脆不想了。

她抬头看了看家里的全家福，看到远在外地工作的丈夫，一脸真诚地看着自己。看到女儿的脸娇柔可亲，如花似玉，心里稍稍安定了一些。

再低头时，新红还是想自己的心事儿。她的眼前……一个一脸枯槁、佝偻着腰身、似乎麻木了的男人，看起来会超过实际年龄二十岁的一张脸，没有任何表情。另一个十六七岁的男孩子，则在昏暗的灯下嚼一两根咸菜，一边啃着书本一边啃着馒头。那个家是简单的，墙壁的白显得孩子投射在墙上瘦长的身形越发的单薄。男人咳嗽着，眸子里看着儿子时心生热浪，让他的眼睛亮了。他静坐一旁，边看着孩子，边端着一杯水。显然，他试图是用一杯水的温热来阻止无休无止的干咳。

“爸爸，你明天不要去上班了吧，你去看病吧，咳嗽好长时间了。不是有钱的吗？那个阿姨不是一直给我妈妈发着工资吗？”半大的男孩边做作业，边关切地说道。

“没有关系，没大毛病。不用看，你只管好好学你的就是了。还有，记住，不管什么时候，你都绝对不能说，你新红阿姨也是为我们好。知道吗？我们不能再给她多添麻烦了。”

男孩子似乎懂了什么，不再言语。

这个干瘦的明显营养不良的男人，苦笑了下。随即静了下来，慢慢转过头，轻倚在床头，依旧静静陪着读书的孩子，没有表情。

新红的心里，千拧百扭着。万万想不到，有一天，有个人竟会到她的办公室里，低头哀求她。他这般低声下气地求她，只为了一件事，就是让新红帮他瞒住妻子过世的消息，好继续领一个月675元的可怜的工资。因为新红和他妻子一个单位。新红是会计。

现在，他来求她，没有一丝尊严地求她。

她不明白，他一个男人为什么就不能多做点儿工作，为孩子挣些钱来。为这点儿钱，竟然这般屈膝。她一直忘不了那天他求她的眼神儿。

她动了恻隐之心。最终让她下定决心的，是另外的一个消息。

她托人打听到，这个没有了妻子的男人已经身患绝症——肝癌晚期。不知道什么时候，他就会软软地倒在地上，喘着，再也睁不开眼睛。在他弥留之际，他想要的是多活几天，他要多活一天是一天，他想多陪陪他的孩子，陪着他多学习一天。为此，他什么都不多想了。

他只想多活几天。

新红知道这些，那个男人更明白。

他们互相隐瞒着。

“你的儿子现在学习又进步了吧！你可得要好好地管他，他没有妈妈了，你要尽到做父亲的责任啊！”新红用侃大山的语调，说给那个孩子的父亲。

“是啊！我会的。”听到这些话时，那个男人竟会有笑声传过来。这笑声对新红来说一次比一次熟，同时也感到一丝慰藉。

快一年了。新红无比纠结着，瞒着赚钱不多的丈夫，一直用自己的工资，月月给那个男人发“工资”。续写着一个不为人知的故事，一边隔三岔五打着这个热情、心痛的电话。

她不知道哪天，自己要面对丈夫和孩子的责问。她更不知道那个男人哪天会离开这个世界。她只是盼着那个孩子踏进大学校门的那一天。为此，她和自己的内心作斗争，极认真地，就如月月在续写生命的篇章一样无奈、坚持。其他的，新红完全抛在脑后。她明白，目前，自己再没有其他任何办法可以帮这个孩子。

门开了，女儿放学归来，一张鲜活的笑脸，打断了新红的思考。

“妈妈，老师说我又进步了。我想再买件新衣服，好不好？同学新买了件紫色的，很好看的。”女儿边说，边用双手搂住了新红的脖子。

“有穿就行了，孩子，这些工资，不定哪天还有更重要的用场。”说完，新红直直看着女儿，眼里含着泪。

看到女儿点了点头，拿起书包，转身学习去了。新红转身走进卧室，眼里含着泪，又拿起了电话。

我说的是一个真实的故事。

故事到此还没有结束，我也不知道后来那个男人和孩子怎样了。只记住了这个叫新红的女人。

天　眼

叮，叮叮，叮，叮叮……就这声音，张老栓听起来就是音乐，是命，是叫人活下去的那条河。

张老栓石砌的三间瓦房在村子西头，也是村子最后一家。从张老栓家院子里传出的叮叮的金属和石头的碰撞声，远远听起来，就是一曲听惯了的山歌。不高不低，不快不慢。不会引人驻足听，也不讨人嫌。听了多年的老人们，都说不上来听到了些什么。这声音，如一年四季的惯常循环，和风霜雨雪来时的心情一样，掀不起内心多大波浪。

这声音和张老栓一家的生活，关系很大。将或大或小、或纯色或有花纹的石头，刻成人们想要的常用家什，是张老栓一生最重要的事，也是他唯一的生活来源。

张老栓祖祖辈辈生活着的村子，到处都是可以雕琢成材、质地坚硬的石头，许是因了这得天独厚的优势，张老栓是张家三代单传的石匠，不知为什么个子却没他爹妈长得高，比普通人矮不少。为此，村里长辈儿给取了外号——张老栓。

张老栓生性聪明，手脚灵活。人们都默认，他的石匠活儿远胜过他的父亲和爷爷。等手艺传到张老栓这一代，张家的石匠活儿已不再是过去为远近的乡亲们的猪啊牛啊，凿几个石槽那么简单了。

这几天，张老栓正精心刻着一块石头，按人家的要求，石上要雕刻些选定的花样儿。张老栓毕竟岁数不小了，自从妻子失踪了以后，长年累月眉头不展地加工石头，外加饭菜也不能正常吃到肚里，慢慢就落下了一身毛病。若不是张老栓的半大儿子在城里读书，常拿回奖状和奖学金，个头也一天比一天见长，最近半年竟超了他半个头。或者他也就没有力气，一下一下地和石头说话了。

这天，简单吃过午饭后，张老栓嘴里叼根最普通的“钻石”烟，双手不住地搓着，在院子里转来转去。

脚步的不安显然让人猜疑他，遇到了极不平静的事情。他一会儿走到房的北山墙，看看墙根儿半支撑着房子的那块巨石，一会儿又走到房顶看着远处，就这样几个来回，也没见他安下心来如往常一样，让人们听到“叮、叮”的石头被强击后，所发出能划破乡村宁静的声音。

张老栓确实有了心事儿。

晚上，人们出奇地听到张老栓干起活儿来。这在以前是没有的。况且那声音听起来，不似以前的不紧不慢，而是夹杂着一种无奈？一种迫切？还是一种无所适从的慌乱？人们都说不准。

深秋的夜，因了这混在寒凉中的声音，和着蛐蛐儿坚守到生命最后的嘶鸣，给人的感觉，自是多了份凄清。

从那天开始，这深山之夜就再没有完整过。唯有张老栓累到再没力气时，他才会停下来歇息，熄灭院里的灯。这时，乡村的夜，才得以渐渐伸直腿脚，平躺下来。

人们都在议论。有的说张老栓要发大财了，天天加夜班。有的说张老栓干活儿不要命，半夜不睡觉，还能叮当出个金山来！还有的说，有吃的就行了，将自己整得那苦，没用。

张老栓听不到人们说这些，他很少串门，和村子里的人们唠嗑。唯有当人们有求于他时，他才会在自家院子里蹲下来，不紧不慢地和乡里乡亲们说说话。

他，总忙他的石头。

“叮、叮、叮”一下一下，石屑从石头上掉下来，又一下一下，每当一块经过他的手的石头被重塑，张老栓都会莫名地兴奋一阵子。说不清从一块不成形的石头变化成或能用或观赏的成品时，张老栓的心里都经历了什么，只有张老栓知道，也只有张老栓知道自己在做什么。张家世代和石头有缘，张老栓也认为自己的生命中，不能没有石头。

树叶子黄了，落了，又绿了。

一天，张老栓主动走出了家门。

和村子里的乡亲们搭话时，人们纷纷传开了。原来张老栓从秋到春，没出门的几个月，为村子里每家都凿了一个家什，人们都笑着开着玩笑，到张老栓家领走了属于自己的石器。无外乎驴槽、猪槽、蒜臼、米臼、花样儿镇纸等，都是合着每家人的家庭现况，最当用的东西。

也有来人半打趣地说他：“今年你儿子要高考了，几年后你儿子出息了，可到了你享福的时候了。”

每说到这个时，总是见张老栓脸上带了笑，不言也不语。

张老栓的儿子终于参加完高考，从县城返回，张老栓家里的声音多了起来。

“儿啊！你考得咋样？”

“可以吧！分儿下来你就知道了，放心吧！一准儿能考上！”

“考不上！我们家世世代代靠凿石头为生，你还能有例外？只是我们这里要修一条路，我们家恐怕得拆了，是上次要我刻石头的交通部门的干部亲口说的。”

“能考上。修路就修吧！我上了大学，慢慢爹你也不用再凿石头了，我也能养活你。保管不让你受罪。”

“儿子是好儿子。我就是怕你答得对，你就不怕老师判错了卷，还有记错了分，还会有冒名顶替你上了大学的？”

“算了，算了，尽瞎想，不理你了。”张老栓的儿子说完，就回屋读书去了。

张老栓眼里的灰暗，并没有因为儿子眼里的灿烂，有半分的削减。相反，一股强大的驱之不动的愁绪，正袭击着张老栓。

第二天清早，张老栓就喊儿子起来，带他到了房角。

张老栓双手用力挪开一捆又一捆的柴草，那块几辈子都没动过的巨石，已被张老栓刻成一面一刀削成似的断面，再掀开盖在上面的一大块红布。白石头的断面上，赫然出现一双硕大的眼睛。

“眼睛！”张老栓的儿子惊呆了。巨石的正中心，一双清秀的眼睛，正炯炯有神地睁着，又似在对人说着什么。

“这块石头是天眼石。”张老栓盯着儿子的眼睛说。

“传了好几辈儿了。都说只有将这天眼石凿开，我们的祖上才能冒青烟，才能出一个像样的人物。我想了好久了，与其明年修路时破坏了天眼石，倒不如我将它凿开。好让你顺顺当当的以后能成个事。你的母亲总是嫌我识字少，只会凿石头，在你五岁时，跟一个教书先生走了。我一直告诉你说她死了，是怕你伤心，不好好学习。现在，我都告诉你了，还有一样，说是……”

说到这儿，张老栓的儿子看到张老栓站不稳了，就连忙去扶他。

“就是，开天眼的人不能再活……这天眼才不会白开，才灵验……为了你，我值……你……”话没说完，张老栓躺在了他儿子的怀里，永远闭上了眼睛。

“你睁开眼睛啊，爹，我不信，你不用开天眼，我也能考上，你为什么要信这些鬼话，为什么！……”张老栓儿子的哭声，经久不绝地绕响在这山间，是悲痛，是无奈，是不解。

山凹里大大小小的石头们，都听到了。

村子里的男女老少都聚在张家院里，有的叹息，有的摇头，都盯着旁边巨石上的那双天眼，那双出奇传神的眼睛。

一时间，除了张老栓的儿子，人们似乎都相信了，信张老栓舍着性命开出的就是“天眼”，这双眼睛能看透世上所有的事。

从此，夏庄村的巨石上，就有了那双明亮有神的天眼。只要你步入我家乡的深山里，你就会看到。

被风吹干了的冬天

苇叶村没有松柏树，一到冬天就显得灰头土脸的。呼呼的风因为没了遮挡，就敞开了性子大呼小叫地吹着，大大小小的干叶子就随风飞上了天。

从风的缝隙里，吴大山分辨出了自家的猪叫声。他睁眼看了看房顶，才稍微透点亮儿。又细听了听叫声和平时不大一样，一骨碌从被窝儿里爬出来，披了件衣服，趿拉了双鞋，奔出了屋。

到猪圈旁边一看，敢情这猪是被冻的，正在圈里发脾气，边跑边叫唤。吴大山这才放了心，乐了。吴大山转到窝棚底下抱了一捆玉米秸秆，往猪棚里用力一扔，看着那头猪去拱秸秆，才折回屋里。

“没别的事儿，睡吧，是冻得它。眼看着离年越来越近，得让它好好地养膘。今年过年让你好好地吃碗瘦肉丝，犒劳犒劳你，也让你好好解解馋。”吴大山边脱衣服上炕，边和媳妇柳叶说道。

“猪长得不赖。”柳叶边回了大山一句，边用力掩了掩肩头的被子。许是大山进屋时带回冷风了。

“哎！大山，先别说这吃不吃了。你说咱小子立涛转学的事儿怎么办？咱们镇的校长说了，若是不给他转到城里去，这孩子就让咱们两口子给耽误了。校长还说了，说这孩子聪明，虽说在这个镇学校的班级是第一，可是不比城里的教学质量。在这儿，第一也不行。若是能托人转到城里去上几年学，几年后，准能考个好大学。”

柳叶说着说着，听不到大山的声音，猛一下转过身来，把大山的被子撩开了。

“你聋了？和你说话呢！孩子的事儿你到底管还是不管，就是搭上这头猪，也得把这事儿办好。”柳叶大声说道。

“托人办事得送礼，可听说都是高档的烟啊酒的，你送头猪，人家也不会要啊！别说送猪，就是把你送出去，也没人要。我也想为咱小子好，可是得想办法，托人也不好办！”说到托人，说到送礼，吴大山眉头紧皱成一座山，说话声也越来越低。可是一想起儿子聪明的模样，还听老师说这孩子天生资质了得，就像已经找到办法了，浑身有了劲儿。

“不是说你姨妹夫的干兄弟，在教育局当局长？别人我们也不认识，我们回头找一下他，万一有门儿呢，要是答应给办，咱们再借点儿钱，砸锅卖铁也得管小子啊，我又不是后爹，再说，等咱小子出息了，还愁不孝顺咱们。”

“咱们只在家里说，也不管用，还是行动吧！快起，我先烧火做饭，眼看儿子就剩初三一年了，你紧着去老张家问问我姨妹夫家的电话。他们来往多，应该能知道。看我这命，跟了你这么个没用的人，装个电话的钱也没有，快起来快去。”柳叶下命令似的，催着大山出了门。

开门的时候，又从门缝里强钻进来一股冷风，直扑到柳叶的身上，柳叶打了个哆嗦，搓了搓手，出门抱回一捆干柴，放在锅头旁边，往锅里添了水，开始准备早饭。

柳叶左等右等不见大山进门，就穿了棉衣站门口，朝过道里张望。

门口的风更野，远远的，一个模糊的人影侧着身子顶着风，用力挪了过来。嗖嗖的西北风像故意表演给柳叶看的，地上的干树叶子、干柴乱草，随风打着旋儿地舞着，乱飞一气。转眼间，过道里到处都是了。

柳叶怕迷了眼，赶紧用棉衣袖子捂盖了双眼。

“别站在这儿了，不嫌冷？那事儿有点儿门儿，快点儿回家说。”大山一边朝回走一边推了柳叶一把，柳叶顺势返身，两人快步进了家门。

边收拾饭菜上桌，柳叶边急着催问事情的进展。

“电话打通了。你姨妹夫答应给牵牵线，不过说好，其他的不说，他只管牵线，说是本家亲戚，其他的事情让咱们自己看着办。”

“那也不错啊，有希望就行，不行咱就多破费点儿。快吃饭吧！吃过饭咱再合计合计，看家里有多少钱，还得借多少？”柳叶拿过一双筷子和一块红薯递给了大山，两人埋头吃起来。这顿饭两人吃得很香，透过热腾腾的雾气，他们的心里氤氲的希望在升腾。

柳叶的姨妹夫领着大山，大山用红袋子提了两瓶茅台酒，呵护自己的儿子一样地护着，生怕摔了。接连穿过县城高高低低的不知多少座高楼，才惴惴不安地走进了刘副局长的家。

没见过世面的吴大山瞪大了眼睛。刘副局长家开着许多好看的花儿，金色的沙发，茶色的大茶几摆在中间。墙上是一幅特大的牡丹图，旁边架子上还有许多不认识的彩色的瓶瓶罐罐。大山只顾着看了，还寻思着那些关着门的屋里还有什么好看的东西。

“你这老土，你没见过的东西多着呢！你看看你，话也不知道说了。”大山被妹夫一顿抢白，才回过神儿来。

“刘局长，我来是想说……说说……我儿子上学的事儿，这孩子成绩很好。我们想让他到县城的中学来读书。您要是能帮个忙最好了，我们也没什么值钱的东西，等将来孩子出息了，让他也孝敬您，一定。”大山故作镇定地说完这些话，就不吭声了，单等着刘局长接话茬儿往下说。

“这事儿，也不是绝对不行，你不要急，父母为孩子的心可以理解，回头我跟单位领导汇报一下，看有没有哪个班级人少，有转学的，看能不能插进去一个，我没把握，但是可以为你问一下，再努力一把。有了信儿，再联系你。”刘副局长一字一句地说道。刘副局长几句话说完，吴大山很是感动。他恨不能掏出自己的心让刘副局长看看，为了自己的孩子，他舍得，他什么都舍得。

柳叶看到他空着手回来，知道事情或许真的能办成，说不出的高兴。

“给你烙葱花饼吃。”多么简单的话，但是此时，从柳叶嘴里说出来味儿就不一样了。两口子是为了这样一个简单的目标全力以赴，一致行动，说不定上天也会感动的。

柳叶最怕到院子里，风过时那棵老杨树仅剩的叶子，会时不时地飞下来。还不知吹到什么地方。一阵风吹过，院子里光溜溜、硬邦邦、白乎乎，让人感觉有些不自在。不像春天，能在院子边上拔那些偷长出来的、绿绿的杂草，倒还有一分生机在里头。

大山和柳叶商量着，是不是再到局长家里去一趟，催一下，快一个月了还没动静。这天晚上，吃过晚饭的大山和柳叶没有其他的事情可做，正盘腿坐在炕上，柳叶手里拿着针线活儿，边干边时不时地和大山说几句。这些日子，他们俩为这事常常闷着头，等着刘副局长来信儿，除了等，他们也想不出什么。

“姐姐、姐夫在家吗？”

柳叶一听，就是姨妹夫的声音，来不及细想他带来的会是什么消息，就急着下地，迎了出来。

“快来，屋里坐，这么冷的天儿还烦劳你跑来跑去，真过意不去。”

“你这是哪里话，我来是跟你们说个事儿，你们看怎么办。”

“不是立涛转学的事儿，还有啥事儿？”

进了屋，柳叶的姨妹夫大大方方地坐在了炕沿上，看着大山和柳叶两人，点了一支烟，吸了一口，吐出一个很好看的圈圈儿，一本正经地说：“立涛的事儿，有门儿。”

“有门？你快说，有什么需要一定照办。”两口子齐声说道。

“是这么回事儿，刘局长就是我那干哥，给局长汇报了，说这个孩子多么聪明多么优秀，多么爱学习，局长也答应了。”

“真的？那我们该怎样谢谢人家呢！”

“先等我说完。刘局长办这事儿也是看我的面子。这个你们一定也知道。就是这要过年了。陈局长想吃点儿咱农村养的这无公害的猪肉，想让我给找着买点儿，这不明摆着的吗？你们说怎么办？”柳叶眼看着姨妹夫又长长地吐了一个烟圈，然后那烟圈儿随即就散了。那圈儿看起来是那么艺术，若不是好画家，还真画不出来。

“我们家的猪也不错，给他们吧，要多少？多少都行！”

“他们说让你们找人帮着弄干净了。再弄点儿下水，记住猪大肠他们不要。他们嫌吃得太肥了，对身体不好。那既然你们同意，就这样说定了，你们什么时候弄好了。给我个信儿。转学的事儿，也就能定下来了。”

说完话，柳叶的姨妹夫不肯吃饭，推托有事，开着车子走了。身后只有一尾铅尘在空气中，慢慢弥漫开来。大山和柳叶闻到这个汽车的味和农村的味，太不一样了，却说不出是什么感觉。

第二天，大山和柳叶开始张罗着找人帮忙杀猪。在农村，杀猪可是一件大事儿，从早上开始点火，到中午忙完后，主人须得打上几斤酒，炖上一锅新鲜的猪肉，特意邀了村子里的长辈儿和帮忙的人们一起，好好地热闹一下，这才叫告诉了人们，我家明年有肉吃，我们要好好过个年的信号。

大山和柳叶找人把猪从圈里拉出来的那一刻，柳叶的眼圈儿红了。

“真没出息，不就喂了一年吗？怎么说也是个牲口，还值得这样？”柳叶想，一年的玉米除了口粮，其余都喂了它了。不管什么天，到田间地头拔过多少草也数不清了。看着它拱食吃，柳叶哪次不是笑开了花。

现在，是为了儿子。更值了。

这天傍晚，大山家很热闹，大山家猪肉的香味儿飘满了整个村子。人们都说柳叶真是个好媳妇，哪家的猪再喂也比不上柳叶的猪肥。大山和柳叶真是一对会过日子的夫妻，他们的日子还能过不好？

柳叶听过这些吉利话，笑着不住地点头，不断地说是。在给长辈们敬过酒，大家酒足饭饱都散了以后，大山和柳叶都不出声了。他们忽然觉得今年冬天最冷，风也大，像要把人吹走。

全村人都知道大山的儿子，去县城中学读书了。人们都在羡慕地议论着，你看人家柳叶，不但养的孩子出息，就是喂头猪，也是村里最肥的。

春节这天，风依旧在用力摇晃着，到处都是被风扫荡过的痕迹。大山一家三口围着灶火旁的小桌，说笑着。院子里，几声鞭炮声响过，大山一口吞下了一个素馅饺子。

风中的生命

风从不高不低的山坡上呼啸而过时，卷起阵阵黄沙，眯得人睁不开眼睛，似乎也在向这个世界示威，眼看着没有一丝减弱的趋势。

虽说还不到三九，已冷得伸不出手，在通往村子的那条仅供小推车走的弯路上，远远看到几个讨饭的。衣衫褴褛不说，且是那种没着过水的黑色，让人一看，便知身份。有老有小的三个人，缺吃少穿的人家老远就张望着，第一时间看到，会早早关上房门，生怕那一声大娘大婶子叫出来时，给吧，没有，确实是没有，家里的人也吃不饱；不给吧，心下是个什么滋味呀。只有远远地关上自家的门，躲避那份想给又拿不出的尴尬。

家里没有人，自然心安理得，当没看见。村里人都用这个没有办法的办法，对付要饭的。而脸上的神情又是做错事一样东躲西藏，满脸愧疚。这种无奈是乡下人最难受的事。都是人，人心都是肉长的。有什么办法，天天有要饭的，一拨又一拨儿，没完没了。

风一阵阵地刮过，打透了姑娘身上满是补丁的单薄衣服。那个老人一脸无奈，不知是冻还是饿，有些呆滞了。皱纹里的心酸已藏匿不住，禁不住心疼地问："冷吗?""不冷。"姑娘冻得发紫的嘴唇张开一条小缝，一边打着哆嗦说。不冷？老人看在眼里，泪珠子眼看就掉下来了。

"快点儿走，一会儿就走到前边那个村子了，一定会有人给点吃的，走得快一点就不冷了。"那个老人一再嘱咐女儿，身边跟着的一个和姑娘个子差不多高的男孩子一声不吭地只顾跟着走，没有一句话。

就是这一行三人，三个地地道道要饭的，对前边的这个村子有了“威胁”。

在那个年代，粮食是过年时才能尝到的，平时只吃野菜、树叶、树皮，还有河菜，好多人浑身浮肿，也不知道是啥病，是什么原因。还能有什么原因，现在想，除了营养不良性水肿还能有什么，一年到头吃那些东西能没有病吗？有了病的病着，没有病的接着吃，这就是那个年代，那个生活颠沛流离、缺吃少穿的年代。

好不容易走到村里，几个人已饿得前胸贴后背。走到一户人家，老人示意较大的男孩子去敲门，一下，两下，没人应，再敲还是没人应，“没人，走吧！”老人发了话，他们又看了一眼虚掩的房门，才恋恋不舍地离开，去寻找下一个目标。这时，他们真不想再挪步了。快快有个好心人吧！

真是饥寒交迫，就这样，他们左拐右拐走了好几家，没碰上一个人影。

又是一家房角，迎面走来一个小脚老太太，“你们饿了吧！”一边问，一边细细打量这几个人，最后目光落在那个姑娘身上。“我给你们拿点儿吃的，没办法，我们的口粮也不够，可是来了，总不能让你们饿着出这个村。等着等着，我去拿。”几个人连忙谢过，站在那儿等着。

时间不长，两只颤巍巍的小脚走了过来，手里拿着几个掺了玉米面儿的菜饽饽儿，“给，一人一个，你们还是到我屋里暖和暖和。”老妇人边说边打量那个姑娘，脸上时不时露着笑。那笑让人看起来有点不自然，却也看不出有什么恶意。

“不了，我们还是再找地方吧！”老人慢慢说道。“不是故意让你们，你看看天这么冷，到家里暖和一下再走吧！想和你说个事。”老妇人边说边笑，又看了看那个姑娘。那……那，老人用眼神儿征求孩子们的意见，却看到两个孩子仍在发抖。心下想，也好，去暖和一下吧，遇上好人了。

走进老太太的家门，没看到其他人。屋内陈设简单，一个四方桌子，两边两把枣红色的木椅，靠北边是直通的大炕头，屋子收拾得干净利落。踩得实实的黄土地面上没有一丝杂物，近门口有个石头砌的平台，上面放着一个火盆，里面还有未燃尽的木炭，是用来取暖的吧！

两个孩子进了门，不由得往火盆边聚了来，伸出冻得通红的手，往盆子上空试着放了放，不太热，又往低处放了放。老太太示意老人坐在炕沿上，老人连说："不用不用，暖和暖和就走，给您添麻烦了。"老人说着话就要作揖。老太太连说："坐下，坐下。我还有话和你说。"

老人不由得看了看那两个孩子，工夫不大，脸色缓过来有了热乎气儿，着了热的手又痒起来，不停揉搓着。"你们是哪儿的啊？从哪儿来的，远不远啊？"老太太问道。老人连说："远倒是不很远，我们从定县一路要饭过来的，家里闹饥荒，一粒粮食也没有。"

"那可是受了罪了，父母还好点儿，带着孩子可是难上加难啊！"老太太说完深深叹了口气。接着又说："可不是吗，我们虽说有点收成，可也只能吃个半饱，再加上要饭的多，也是心有余力不足啊！不过好歹不用要着吃，也有住的地方，很知足了。"

正说着，大概是暖和过来了，一眨眼两个孩子走出了屋门，到院子里去了。

老太太见有了时机，就凑近了轻声说："老哥哥，舍不舍得你女儿啊，给她找个婆家就有饭吃了，男的岁数是大了点儿，大十几岁，可人老实，保险你闺女不受气还有吃有喝，咋样？"

老人心想，可没有想过这事呢！也是条路，可是保险吗？这可是丫头一辈子的事儿啊！心上正想着，老太太又接着说，“好人家啊，可不要错过了。你也不能总让这么个黄花闺女跟着你，东头要了西头要吧，好好想想，要不是老实人家，我也不管这事儿，再说他们家还有袁大头，再给你要点儿，你也就能吃上口饭了。想一下？要是行的话，我去问，你闺女有福啊！有吃有喝的人家啊！”

老人在炕沿上坐不住了，下了炕，在地上转来转去，一会儿看看那个老太太的眼睛，一会儿瞟一眼在院子里东张西望的女儿，女儿今年十八了，早早地没有了娘，跟着自己要饭好几年了，要是真有个好人家，也对得起她早死的娘了，“老姐姐，容我想想，我要好好想想。”说完，走到门口看了眼他的闺女，坐在了门台儿上。

“那好，你先想着，我可是去那头也问询问询啊！人家只是托我，这八字没一撇呢！”说了这几句话，老太太颠着小脚儿一会儿便晃悠晃悠地拐个弯儿，不见了身影，走远了。

“双儿，和你说个事。”姑娘听到父亲叫，忙不迭跑到了跟前。

“在这个村给你找个人家吧？省得要饭了，你也不小了。”

“听爹的，说完姑娘低下了头。”

“那就这样定了。”

“一会儿那个老姐姐来了，我去看看是不是好人家，怎么样，要是能过日子，我就给你应下来了！”

说完，几个人在院子里各想各的心事。

工夫不大，那个小脚老太太便颠颠儿地走了进来。

“想好了吧！我去问了，人家说愿意，说出一百块大洋啊！你要动心，我带你去看看人家吧！”

“好吧！你们俩在这儿待着，别乱跑，我去去就来。”

说完两个老人一会儿便不见了踪影。

姑娘叫双儿，心里也有了个三三两两了，这会子不知想什么好，在院子里踱来踱去的，一会儿在墙角找了块能坐的石头坐下了。

约莫等了半个多时辰，两个老人回来了，边说边走，双儿见父亲的手里提着一个袋子就什么都明白了，自己走不出这个村子了，等待着自己的又是什么呢？

“双儿，还行，人老实，人家也是老实人家，就是大了点儿，你跟这个大娘去吧！快谢谢大娘，给你找了个好人家，有吃有喝，风雨不怕了，快去吧！”

这一年是一九三八年。

奶奶就这样果断、迅速、直白，随那个小脚老太太去了那家。而他的父亲和弟弟则带着一百块大洋出了村子，去了别的地方。

这个女子就是我的奶奶。要饭经过我们的村子，我的太爷爷花了一百块大洋给爷爷娶了我的奶奶。

从此，奶奶住在了这个村子，和比他大十九岁的爷爷生儿育女，直到几十年后爷爷染病去逝。

写下这篇文章时，奶奶八十八岁。

给奶奶洗澡。

“奶奶，你当时嫁给爷爷你愿意吗？”

“我跟了他什么都是先给他吃，先给他穿，村子里的人不都说我心好。我花了人家一百块大洋……”

奶奶只说了这么几句，便看到眼角有泪水溢出，依然滚滚泻下，依然澄澈。

丝瓜架上的月光

村里的人都知道，月梅自从男人失踪这三年，除了偶尔哭哭啼啼外，还滋生出一个怪脾气。那就是，一年不落地种丝瓜，但不准丝瓜蔓儿长过墙头，一旦看到有长势快的瓜蔓儿，必定拽回来，掐了尖儿。

这天，月梅做完家务，安顿好四岁的儿子躺下。从屋里踱到院里。

月光淡淡的，依旧慢条斯理地匀洒在地上。墙根丝瓜架上的月光，有几分清柔，还有几分初秋时袭人的凉意。

初几了？月梅心里思量着，记不太准。细看月牙儿半悬在空中，也就是初七八的样子吧。月梅想到这儿，顺手捋了捋要遮住眼睛的刘海儿。趁着朦胧的月亮，月梅着意地一瞥，看到丝瓜架上几个瓜叶下面，不远不近，半遮半掩的，不知什么时候已经吊着几个细小的嫩丝瓜，蔫蔫的瓜花，蜷缩着身子，还坚持长在丝瓜的尾巴上。

看到这几个小丝瓜，月梅心里不由得“咯噔”一下。两行泪水迅即溢出，淹没了她日常慈爱的目光。月梅不等、也不让它流到腮边，用手狠劲地拭了去，颇有这眼泪流得不应当，也不值的意味。

走路有些飘的月梅，再细看瓜蔓上新结的嫩丝瓜，还看了看这几天，丝瓜蔓有没有长过墙的。

一阵风儿吹过，瓜叶子斜斜地抖动起来，有点像月梅此刻起伏不定的心。

三年多了，年年这样，一有时间月梅就单独跟这丝瓜怄气，从丝瓜蔓开始长，一直到近秋才开始使劲儿结瓜。这气，暗地里就没断过。近两个月，月梅一有时间就到这瓜架下，监视这瓜，过了中秋，月梅才不再执意去看。

没有人细想着和月梅深交一下，并了解月梅的这一举动。在人们心里，月梅除了那点怪脾气，还算是很好、较完美的女人。一个好几年不见了男人的女人，有点脾气也是正常的。

除了月梅这点怪脾气，在村子里，月梅的贤惠，尤其是对婆婆的孝敬，是出了名的。

就连月梅顶着政策又超生了一胎女儿，无望再生下儿子后，婆婆硬是做主，花钱抱来的儿子，也亲妈似的照管得无微不至。

人们都知道，月梅的男人不见了，却不知是为什么不见了。

村子里有好多种说法，说什么的都有，说得最多的还是月军失踪前，不是开煤场赚了不少钱嘛，一定是领了个女人跑了，不知跑到哪里快活去了。还议论说，月梅也一定知道些缘由，否则为什么有时哭起来，会没完呢？

月梅本也有个和睦的家。男人并没有因生了女儿嫌弃她，倒是有着传统观念的婆婆，不依不饶，“没有儿子可不行，说什么也得生，犯法也得生，大不了多罚点钱。有了儿子还怕没钱花。”

月梅对婆婆这几句，背得熟极了。也对婆婆说这几句话的声音反感，反感到了极点。偶尔，想起婆婆的脸孔，还是她怒气冲天说这话时的神情。月梅总是压制自己，不去想婆婆的不是。还有，就是一想到婆婆恼怒的神情，竟会难以控制情绪，甚至有些神经质。

婆婆抱了孙子进家不到一年，就去了。可一旦想起她来，月梅从没有一丝原谅她的意思。月梅总是不折不扣地认为，自己的日子过到这份儿上，是婆婆的原因，是婆婆毁了她的生活。

月梅除了下地，还要照管这个抱来的儿子，这种生活表面看还是平静的。

好事的村妇们，总是有办法的。

她们从月梅在城里读中学的二女儿口中得知，月军非常爱吃丝瓜，尤其是羊肉炒丝瓜。至于月梅对丝瓜又爱又恨的表现，唯一合理的解释就是，月梅在心里根本放不下月军。连续这几年，每到中秋，全家“团圆”时，月梅总给月军留个座位，放一双碗筷。

月梅和月梅的丝瓜的故事，就像丝瓜上的瓜络，打着卷儿，无头无绪，在人们的心里，凌乱地存在着，也不知盘在哪儿。往前？往后？人们总是喜欢没有目的没有方向地乱猜。

中秋又要到了，丝瓜已结了一拨又一拨。长大的，没长大的，全在用力长着。这天月梅家来了一个人，常年在外打工的叔伯侄儿——二虎。在月梅凝神儿看丝瓜架的时候，悄无声息地进了院。

“婶子。”一声婶子叫过，二虎半张着口，似有话要说，却没听到下句。

“你回来了，二虎，在什么地方干活了？累不累？挣了多少钱？快进屋。”月梅示意儿子到外边玩儿去，将二虎让进了屋。

“婶子，你先别说我挣了多少钱，你实说，我叔他……”进了屋，二虎直直地盯着月梅的脸，像要看透月梅，又像是要从月梅心里搜刮到什么。

“二虎，你听到什么了？不要听人们瞎说。”月梅尽力掩饰内心深处，曾汹涌怒吼过的情感经历和不想承认的结果，也最害怕一不留神袒露出难以承受的重量。

“婶子，不要再瞒着了！我全知道了。怪我叔他们。这几年你怎么熬的啊？”

已过而立之年的二虎，满眶泪水泻下，杂合着无奈，一动不动、眼巴巴看着情绪失控、浑身颤抖的月梅。

“婶子求求你了，二虎，既然你知道了，千万不要再对人说起。你二叔是死了，虽说是他自找的。可是，我得过下去，我得过日子，我两个女儿，还有一个儿子。他们没有错，他们还得在人前做人啊！”

说到儿子，月梅脸色突然变了。满怀忧愤地说：“二虎，你不知道的还有。现在我不缺钱，有吃有喝，可是，我得养这个冤家，这个‘儿子’我喘不过气来，就拿丝瓜撒撒气，我还能怎么办？”说完这几句话，月梅紧瞅了一眼门外，生怕被孩子听到。

月梅这番话，炸弹一样，将二虎的心轰了个趔趄。

二虎转向月梅，“婶子，我知道你的难处。”二虎低低的声音说完这句话，没再回头，慢慢走出了月梅的家门。

小雨滴滴答答地下了起来，月梅盯着丝瓜架上大大小小的丝瓜，又想起了她和月军刚结婚那几年，每到秋天，有月光的晚上，她和他都会在丝瓜架下看月光澄亮的眼睛。披着月光的轻纱外衣，她会倚在他的肩上，两人低声地说着什么。那时候的月光，多么单纯，多么柔顺。有时，他们还会顺手摘下明天吃的丝瓜，一起回味着，吃着香香的羊肉炒丝瓜的味道，整个的生活虽说不富裕，却显得丰厚，香甜。

当时，月军的眼睛，也像这月亮呢！

自从月梅不再一个人守着这份沉重。月梅的心似乎理顺了些，更加整齐了。对丝瓜的情感越发的浓郁了。摘丝瓜的手，慢慢地变得更加柔和。看丝瓜架的目光，不再无绪、凌乱。

丝瓜架上的月光，依旧那么冷静，明亮，淡淡的，柔柔的。它心里所夹带的那一丝清冷，已随着慢慢长大、纹理清晰的丝瓜，渐渐化开了。

村子里的人们，依旧在猜着丝瓜的故事。月梅心里想，明年不种丝瓜了，去河边栽一排杨树，看着它们，让它们好好地长，够着天。

布谷鸟的叫声

杨树在阵阵春风的吹拂下，神秘地吐出了新芽，新芽一天比一天大，由眼睛刚刚能看到渐渐伸展成了诱人的绿。布谷鸟不知什么时候飞来了，落在老弯家屋前的杨树枝上，“咕咕”地叫着。

老弯正半趴在炕沿上，佝偻着身子剥仅剩的玉米。听到这叫声，老弯顿感身上好像有了活力，关节痛也能忍受些了。可转念又想，鸟儿你快飞走吧。一会儿老田看见又要赶你了，这老田呀，哪儿都好，就是不让布谷鸟儿在家门口叫，不知为啥。

想到这儿，老弯低头瞄了眼手指中间胀大的关节，圆圆地鼓着，不由得苦笑了一下。这刚一笑过，老弯明显感到心脏病又厉害了。她明白，自己活不长。因为自己的娘、姐弟几个全是这病，风湿加上心脏病，受不完的罪。娘去的时候还不到五十，也许是轮到自己了吧，也不亏了，自己都快六十了。老弯想到这儿，眼泪掉了下来，想两个女儿还没能学会管好自己，自己若是去了，以后的日子……

老弯不敢想这些。

多年以前，老弯就因为类风湿性关节炎浑身的骨关节越来越弯，腰也不例外，医生说这病治不好，只能用缓解的药外加自己调理，所以村里人就给她取了这个外号——老弯。

老弯不是本地人，老弯来这个村子的时候三十多岁，当时就有些弯，村里人包括老田都以为是常见的弓肩，有人就把她说给了村里唯一的教书匠、无父无母的老田。

老田是高中毕业，在村里稀算有人才。只是打小落下了小儿麻痹后遗症，所以走路的姿势一拐一拐的，常引起众多的目光追得他好远才挪开。因为他教书，所以被教过的孩子、家长们，多因为他肚子里的知识称他老师。背地里才叫他老田。总也娶不到媳妇的老田经人介绍，就娶了不知从哪儿来的老弯。有人说老弯不知根底，还不知能不能跟住了。背地里都劝老田小心了，别多给她钱，一旦攒够了路费，指不定什么时候就跑远了。

老弯的家住在村子的最下面，盖房子前，门口是几个大圆坑，听说是不知哪代人曾起过坟的地方。因为找不到地皮，老田就在这儿靠那座小山的地方压盖了二间房，算有了安身之处。

老弯强忍着不舒服，找了几颗药丸含在舌头底下，趴在炕上团了一会儿，感觉好些了，下了地，给老田和孩子们准备晚上的饭菜。

老弯顺手拿起一棵白菜，一叶一叶地分开后，往一盆凉水里一放，水的凉还是浸到了老弯的骨髓里，老弯习惯性地哆嗦了一下。老弯不想让两个孩子多做家务，她们俩一个要中考，一个要高考了，老田最让她生气的是腿脚不好使，还硬要去地里干活。还不是为了给家里省点钱，好供孩子上学，老弯买药也要钱。

当了一辈子代课老师的老田，始终没有转正，现在没能力教了，也没工资了。倒是民政局，因为他们两口子全都不健康，孩子们又小，每年断不了补贴些钱啊粮啊的。

多亏他们居住得离县城不太远，三里多地，两个女儿一天三顿饭跑回来吃。近几年，老弯做饭也感到吃力，最令老弯惦念的是二女儿玲玲。玲玲打小不喜欢和老弯多说话，尤其遇到老师和同学，玲玲就远远地躲开，生怕她的母亲让同学老师笑话，在同学们面前抬不起头来。

老弯怎会感觉不到这些，所以只要遇到玲玲的同学，老弯就装作不认得玲玲，低下头佝偻着身子不看玲玲。长此以往，玲玲也就认了，倒也平安无事。

可老弯心里始终黏黏乎乎的。

老弯曾听到方方在夜里呵斥玲玲，说咱们的娘有病，是比不上有知识、有文化、还有地位的母亲。可是，是她养大咱们的，你不能这样对她。我怎么了？我哪儿不对了，我从小在村子里听人们叫她老弯老弯，还说这就是老弯的二女儿，看长得比老弯好看多了，我再一看她弯着的身子我就浑身不舒服，还有她一天到晚不停地唠叨，生怕我不好好学习，我又不是没好好学习，我哪年不是班上前三名，她停过吗？我哪不好？我又没有做什么对不起人的事，你还这样说我？你，方方，不想理你。说完，玲玲翻身呼呼睡去。

这样的夜晚，不知有过多少次。有的时候，老弯听得泪水哗哗地流，却阻止了老田一次又一次欠起的身子。老田没有办法，只好用手抚着她渐渐胀大的骨关节和弯得再也伸不直的胳膊。

白天还是那样，该做什么做什么。

老弯还是照旧把仅有的好吃的，让方方让给妹妹。有了活儿的时候，方方也能帮一下，玲玲则一回家就拿起课本，钻在她们姐儿俩的黑屋子里，只有等到吃饭的时候她才会出来。她非常爱学习，她想好好学习，然后逃离这个家。多数情况下，是在老弯的数落声中，方方才去打开书包，拿出课本。这时，老弯才会忘了所有的一切，吞下一片止痛药，继续做她的活儿。

村子里没几个人能看得起老弯一家，自从老田不教学了以后，更是门可罗雀，打招呼的人也少了。

一个弯，一个拐，全家也没个能撑门面的，老弯只有弯在家里，弯在地里，弯在她自己的世界里，弯在她无愧的心里。

没事的时候，老弯和老田头抵在一起说话。

老田说，你到底是哪的人？

老弯说，我是东北的，那地方太冷，我的病要生活在暖和些的地方好，才来了这儿。

那你为什么不去南方？

我没钱了，再加上，你有文化，我就不想再走了。只是累了你，还得管我这个半病的人。

娶了你，我可不后悔，别看你身体不好，你人好，我不后悔。

这句话，老弯的关节痛能减轻，也是这句话，老弯到了近六十的时候，她的病才严重起来。

晚饭后的玲玲，又钻到了她们的小屋里，翻开了书，老田和方方去还人家犁地的“禾子”，还没回。

老弯手里拿着洗好的筷子，感觉力不从心，一阵阵心疼，难以支撑，喊了声玲玲，就一下子晕倒在地上。

四双筷子撒在了地上，横着、竖着的都有。

玲玲习惯了听老弯的呻吟，欠了欠身子，又坐了下来。

等到老田和方方回到家，老弯已弯弯地，躺在地上，再也起不来了。

“娘，你醒醒……”

“老弯，老弯……”

几声不同寻常的叫声将玲玲从书本里撵了出来。

玲玲傻了。

“玲玲，你没有听到娘倒在地上吗？”方方问道。

“我……我……”

老田无力地摇了摇手，示意方方不要再说话，先帮忙，将老弯抬到炕上，老田用力又拉了拉老弯的胳膊，怎么也拉不直。

这时，老田的两行老泪从凹陷的眼眶内流出来，滑过干巴巴的皱脸，慢慢滴落在老弯身上。老田无力地扬了扬手，示意方方和玲玲过来。

“方方，玲玲，你俩听着。”老田泣不成声地说道。

“你娘自从生了方方以后，病更严重了。可是，就在第三年的一个夏天，那天，雨真大，一辆车子冒雨停在了我们门前的场子里，你的父亲，一个来这里打工的南方人硬是将你塞到了你娘怀里，也不管我们有没有能力养活你，哭着求你娘，求从来没有摸到车子是什么样的我们收下你。这么多年，你也看到了，你娘身体那么不好，可是，你娘还是收养了你。你的亲生母亲是谁？我们不知道，就是这样，你才到了这个有病有残的家。有了你，你娘更累了。受到湿、冷更无情的侵袭，一年比一年重。这么多年，我不是心里不清楚，自从你懂事以后，你看不起你的父母，你有病的母亲，你拐腿的父亲，你的姐姐方方为你付出了多少？好吃的先让你吃。只有衣服，因为你姐姐大，先穿小了再给你，你竟多次不依不饶，多少回，我想好好地说说你，也想让你知道实情。可是你娘不让，总是笑着说你还小，说你长大了，读了书会明白更多的道理，你娘弯了这么多年，可是，有一半多的弯是因为你。你娘现在不弯了，可是，你娘再也说不了话了。你有看到你娘穿过一件像样的衣服吗？吃过一口你们想吃的东西吗？”说完这些话，老田呜呜地大哭起来。

方方一听惊了。她根本不知道，妹妹竟然不是爹娘亲生的。

玲玲听到这些话，张了张口，什么也没说低下了头，慢慢地走到老弯的身旁，双膝一弯，直直地跪在了老弯的跟前。

玲玲端详着老弯，没有了以往的笑容，多少年来，她还是头一次认真看老弯的脸，第一次看到老弯的手上到处都是荆骨头，而自己竟然是她收养的女儿，竟然是自己给她造成了更重的负担。

老田又接着说，你们知道为什么我总是赶树上的布谷鸟吗？有时恨这鸟儿，这种鸟儿就是让更弱小的刺嘴莺帮它养孩子，所以觉得，你的娘就像这莺，自己还不够强大，仍用心地做。可是，有时又觉得你娘另一方面又像这布谷鸟，她总是唠叨，哪怕自己累死也要让你们好好学习，不要再和我们一样活着，否则你们能学好？村里的丫头片子，哪个不是早早嫁了人！

“今后，这树上有布谷鸟儿再飞过来，不许再赶了。”老田坚定地说。

玲玲透过泪眼看了看窗外，双手握着老弯手上小鼓样的关节，似听到了布谷鸟“咕咕”的叫声，又像是娘不断唠叨的声音。

圈子里的影子

这是个眼睛看不到的圈子。

圈子里一切都那么有规律，都那么顺其自然，在这个圈子里有一种无形的神奇力量，让你永远不能小觑它，离得近不行，离得远，更不行。

金局长有时也想不明白，自己从来没有刻意想过，要在这样一个圈子里，来来去去。不知是什么时候，这个圈子变得这么牢固、坚不可摧。这个圈子是在无数次的风起云涌过后，形成。所以，这个圈子也属于客观规律下，自然形成的产物吧。

当然，这个圈子也不是生来就有这么好的能量储蓄。在经历了无数次地加固、无数次地修补后，才有了眼前的状况和规模。其过程不亚于一些现实中艰难的筑堤工程。可是，自从这个圈子变得稳固之后，金局长感觉虽不能和皇帝的金銮殿相比，却可以自由摆渡，可以呼风唤雨。总之，在人们看来，他是个要员，他高高在上不说，他活得很舒适，活得很滋润。

当然，他也会看这个圈子不顺眼，他觉得自己的人生价值被这个圈子圈住了。被这个圈子圈住了手脚，四肢都伸展不开。有时，他也想用力将这个圈子的边缘切开，拧断，让充满自然气息的阳光射进来，好让自己有另外一份心情，有另外一种生活环境，可以尝试一下，而不再按这个圈子里的潜意识的圈规办事。也许正应了人们常说的那句话，进去的想出来，在外面的想进去，话是这样说，可说的并不似婚姻的“围城”，只有有数的几个人，那么简单。

可是，又有几个能完全地突破自己的心理防线，在经历了世事的修整之后，再重新找落脚点、重新定位自己？毕竟这个圈子还是很不错的。一年四季如春不说，自己还是这个圈子的中心，自己动一动，这个圈子就得晃荡几下。于是在经过无数次的心理权衡之后，金局长彻底在这个圈子里安营扎寨，彻底消除了时而出现的矛盾念头，他变得单一、纯粹起来。

有时他会想，人的命真是不一样，有的人努力一生也只能有吃有喝，有的人聪明才智一应俱全，到头来还是平常得不能再平常，而自己虽说也在旋涡里挣扎过，这不也挺过来了，还有什么想不开的，在许多人看来，自己是成功人士，高人一等。这些，在他的工作人员的目光里能看到。况且，这么多年来，在这个圈子能得到的全得到了，别人有的，他有了。别人没有的，他也有了。用有些人的话说，他应该知足了。

一

金芳综金局长因病入院的消息，传得很快，很早人们就知道他患有糖尿病。曾到北京某大医院几经治疗，由于是人人皆知的慢性病，况且局长岁数也不是很大，还不到五十，连他自己对这病都没有放在心上，可是眼下，金局长住院了。

金局长住的是省里最好的医院，主治医生是这所医院里最好的医生。入院的时候他晕倒在车子里，是他的司机小赵将他送到医院急诊科，在确诊是糖尿病合并酮症酸中毒以后，经过一天的治疗，他醒了过来，他很感激小赵，醒来后弄清了事情的前因后果后，他在心里暗暗对自己说，小赵这孩子确实不错，等出了院，就给他运作一下，在我退休以前给他安排一个好单位，也不能让他白为我辛苦这么多年，风里来雨里去，腿脚勤快话不多说，不该说的你一个字也别想从他的嘴里问出来，就凭这一点儿，也该让他有个好前途，不能开一辈子的车。

金局长很敬业，病了还想着工作上的事，最近一个副局长退休了，下一个提拔谁好呢？金局长想，这三个人当中我要选择一个最合适的，说白了是最适合自己的，只要打报告上去，组织部门定会考虑我的意见。

小赵跟了金局长五年了，风里来雨里去，随叫随到。金局长也感到确实离不开他。只要有了事情，就小赵小赵地随口叫着。办公室的专职人员有好几个，可是他习惯了，金局长习惯了叫小赵，小赵也习惯了金局长的做法。

金局长住院的消息传得超过了单位里任何党政部门部署、下达的工作任务。一个单位的、不一个单位的许多人，都去医院里看望过他。

金局长的眼睛，也许永远看不到光明了，这个让人难过的消息，像一枚炸弹在局里炸开了。

糖尿病时间长了，眼底动脉硬化，出血，导致失明是常见的事情。金局长多风光的人，真要是成了这样，那可真是难以承受啊！最起码局长做不成了，还正在酝酿着的副局长，也就成了别人碗里的菜。局里相关的人最热心的倒不是一同工作了多年的金局长的病，而是局长的那把看在眼里，能让眼睛额外放光的交椅。

金局长啊金局长，你可千万不要看不到了。想到这儿，刘科长便慌不迭地叫了车子，奔到了医院。他要看看金局长是不是以后就真成了瞎子。那他曾经答应给他办的事情，还不全都泡了汤。刘科长赶到医院的时候，不巧碰到了也来探望的李科长和张科长，三个科长全来了，齐集在医院里金局长的病床前，金局长脸上表情僵硬，眼神没有着落地看看这儿，看看那儿，也说不太好是不是真的看不见了，可是三个科长谁也不好意思问，他们心里明白，问这个问题也只能从侧面打听一下，打听他的司机，打听医院里的医护人员。

“金局长，您好好养病，您有需要的地方尽管说，我们会尽力的。”

“刘科长，你稍等一下。”在他们三个科长寒暄完了以后将要离开病房的时候，金局长说了这么一句。

“刘科长，你帮我再筹备些钱来，也不用太多，三两万够我两个疗程的医药费就行，我出了院再还你。”

“金局长你不要这样说，我们什么关系，我会尽力帮您的。您好好养病，等您好起来，我们还要工作，您会好的，真的会好的。”说完，刘科长转身走出了病房。

刘科长没直接出医院，他悄悄地来到外科，找到了昔日的老同学。

“老同学，你可要帮我打听一下，看金局长的病还能不能好，眼睛要是看不到东西了，他也就当不成官了，自是成了废物，好好打听准了，然后给我回话。”

回到家，刘科长饭后边看电视边等着手机响，这铃声关系到他的前途、命运，关系到他是不是要拿医药费给金局长。说得再明白点儿，今天晚上的电话是他决定要怎样处理这件事情最重要的条件。

就在这漫长的等待里，电话铃终于响起来了。

“是，他的眼睛会失明，真的会失明，而且是不可逆转的，是糖尿病导致的眼底动脉硬化造成的失明。”

刘科长说不清是什么感觉，心里一时感到怪怪的。说不清，但是，他弄明白了事情的真相。以后，金芳综将再没有能力，再在这个局任局长了，他完全可以，不再听他的任何摆布了。

这天晚上，刘科长睡了个好觉。

二

金局长在医院里等着刘科长送钱来。几天过去，也没等到人，心里很不高兴。暗暗骂道，这人真是知人知面不知心，还怕我不还了？等我出了院，有你好瞧的，说完和小赵道起了心里话：

“你看到了，刘科长这人，有什么说的，势利得很吧！等我上了班，看他还会不会这样？”

“金局长，先养病。其他事以后慢慢说，还是先养病要紧。”

“你说得对，小赵，你说得对。”金局长在小赵的劝说下，逐渐想开了。先治病要紧，其他的全是后话。“留得青山在，不怕没柴烧。”这话一点不假啊。

“小赵，你说李科长和张科长会不会也是这样啊！你打电话给他们，话要同样地说，看看他们怎么说？”

“不要再打了吧？”

“打，这电话一定要打，我能用得着他们什么呢？一起上班这么多年，我就借他们点钱，至于吗？再说，其实我不用借他们的，这么点钱！”金局长有些控制不住自己以往的局长作风，带着气冷冷地说道。

“我知道您为什么故意这样的。可是，您目前的状况，敢借给您钱的人，还真是不多。”

“那你就更要打了，打。”金局长没了好气，半眯着眼睛说。

小赵按金局长的指示打过电话，一个星期后，再没看到三个科长的人影儿。

“看明白了吧。没人来了。我眼睛看不到了，哪一个还和我来往？这不病不知道啊！”金局长感叹地说。

“不要这样说，您会好起来的，您会的。”

“会什么会？我还不清楚？我家里以前就有过这种病人，也是眼睛看不到了，瞎了。我要真能看到就是活见鬼。你也到外面去，我想一个人待一会儿。”

金局长情绪有些过激，按捺不住，和小赵头一次发起脾气。小赵无奈，走出了病房的门。张科长不知什么时候站在屋外听着，听到里面情形不对头，等小赵走出来时，迎了上去。

“小赵，你也不要太往心里去，他这病出了院以后，你还不得去替另外一个局长开车，你开车，哪个局长用你，也是开车，你只管开。哪个局长不坐车呢。时间不会太长，你也不用太生气了。”说完，张科长莫名其妙地笑了起来。

小赵“嗯”了一声，站在那里，想不出所以然来。他想得到这种结果，一定是和先前金局长没病的时候，会有区别。但是，小赵儿想不出，为什么这种区别来得这么快，程度这么深。更想不出，这世间的事儿有多少弯儿。

三

再也看不到金局长的笑了，他可能意识到了什么。

始终没有人主动给金局长提到过医药费的事儿，小赵也在金局长忽明忽暗的心情里，度过了漫长的一个多月。到了盛夏，金局长才出了医院的大门。小赵儿才回家和母亲一起过周末。

天，刚刚下过一场小雨，柏油路面经太阳一照，亮晶晶的，泛着热气。人们这个时候就感到有些蒸得慌，地表温度高，再加上潮气不可抵挡地弥散开来，没有风，感觉整个人身上，黏乎乎的，说不出的不自在。

“娘，我就不明白，您为什么总是让我好好地对金局长，我又不想当官，我看他做的事有时也生气。可是您总说他是好人，他还算好人吗？他的权可不是一般的大，和许多人通着。在这个城市，只要是他说了话，没有办不成的事，他就像如来佛祖一样有治孙猴子的本事。可是，我看他不是好人，做过许多不合理的事情，别看我给他开了这么多年的车，我不认为他好，都是娘逼我对他好的。”

就在这个院子里，小赵和娘在门台儿上坐着，手里拿着把扇子，边扇风边说着心里话。

“孩子，我不是跟你说过，有一场雨吗？那场雨是刻在了我的脑子里，那雨让我明白，人世间还是好人多，你明白吗？是金局长。那时，他还不是局长，他还是个普通的干部，是他救了你。我和你说过多少次了，只是没告诉你是他，因为你不可能将一个在你心里高高在上，连路都不想多走一步的局长，想象成当年救你的恩人。现在，我和你说，是金局长。我也听人说这说那。可是，人是会变的，现在变成这样，也可能有一天他还会变回来。现在的老好人，也说不定哪一天会变成凶神恶煞。所以，你不管做什么，按娘说的去做，没错！”

大门外，金局长猛地一震。也看到，不知过去了多少年的那场雨。当时，雨可真大，泥巴地边的洪水沟也不小，他奋不顾身地跳进去，为了一个幼小的孩子，为了一个鲜活的生命。

他从没有想过，在自己身边工作了好几年的小赵，竟会是自己救下的那个孩子。更没有想到小赵的母亲，会说出这样的话来。

金局长慢慢地，挪开了本想要走进去的脚步。

他本来是带着礼物来找小赵的，一是谢他这么长时间的陪床。二是告诉他，自己眼睛没坏，是障眼法，他的眼睛也许将来会失明，但现在没有。

可是，他不想进去了。

一场病，一番话，金局长眼前的那场雨仍在下，雨更大。大到已将那个无形中的圈子的边缘，淋透，直至从残缺的破溃处，溢出不知什么东西来。此时的他，倒觉得自己的身体、包括灵魂都在那个圈子里面，无助地游荡着。

金局长抬了抬头，看了看炽热的阳光。又低下头，看到了，倒映在路面上坑坑洼洼的积水中的自己的影子。这个影子似曾相识，却见周边黏带着许多不规则的小光圈儿。在阳光的照射下，各色的、大大小小的光圈儿，不着边际地，漫射着。而自己的影子仍被圈在这个圈子里。

细看，走了形了。

第五辑

尘世莲香

寻找，而后融合

对于文学，我是最没有资格说话的一个。

于田垄间长大，一直学医、从医、手不离医书的我，对于文学的理解仅停留在：文学是从土地上生出的，有根且有用的。

基于此情，在我整个人的思想中，倘有极少部分可被叫作是文学的因子存在的话，那就是我几十年来从各种遇到的、买到的书中博采到的精神鳞片。一如儿时挎着篮子，从高低不平的地角山坡拔来的各种各样的野草一样的珍贵。

多年以来，一直把阅读文学作品当作是在文学大堤的漫步。作为普通人，在品赏古今中外的文学作品多年之后，最大的收获就是，通过文学，让心找到了家，更深地理解了生命的意义。

从春到夏，从秋到冬。从万事不挂心，变成需要持家、育子、赡养老人、工作的手脚并用、时间也不够的人。这其中，甘苦自知，道不尽对生活亦步亦趋的无奈追随，当爱情被柴米油盐搅拌过，当生活显露出它原汁原味的色泽，这个时候，应该把心放在哪儿呢？

人生长河，每走一步都会有浪涛翻滚。若干年前，因手足之痛，曾悲伤难解，在无数个夜晚，多数是深秋之夜，独坐高岗，抬望繁星满天，夜风渐寒已有欺人之意，躲开家人为的是能对着遍野的山草野花，尽情泣诉；能对着来去无踪的风儿呼出积聚在心底的悲伤；曾在风雪交加的深夜，绝望地独自徘徊在高岗之上，陪伴我的是冷极了的一只流浪狗和一只流浪猫，我看着它们因为冷冻得来回窜着，和我那一颗无处置放的心一样。多年以来，粘刻在心灵深处的悲伤，就在无人的山上，裸露着它对一颗心最无情的摧残和折磨。当我边痛苦边背着沉重的责任和义务，不得不左顾右盼着继续走路时，在《我与地坛》里，我遇上了坐在轮椅上的作家史铁生。

因病不得不坐在轮椅上生活的他，在地坛里，不顾一切地和伤心欲绝的母亲玩着令人凄婉的“捉迷藏”的游戏。也许地坛就是他内心深处广阔的地球吧。在与地坛朝夕相处了较长时间之后，他人依旧在轮椅上，心却从地坛人为的限制中，慢慢走了出来，走到了生命的明亮处。我也曾在无数个深夜，一个人把头埋进被子无助地哭泣，也曾梦中疼醒。这个时候，虔诚地请教我们伟大的作家，是他告诉我人为什么活着；告诉了我人应该怎样正视生活中遇到的所有坎坷；还告诉了我，如何正确地对待这世间所有的生命，包括自己。

于是，在业余时间，我开始疯狂地阅读文学书籍，开始敲字。一开始，除了练习五笔打字，我还在拼尽全力用细线缝合我的记忆，纠正我偏狭的思维。可往往是一个多小时下来，我只能打二百多个字。简简单单的几句话，我要重复许多次，才能把句子理顺，把基本意思表达清楚。常常呆呆地盯着文档，不知所云。也是这个时候，我听到同事们轻蔑的闲言碎语。我还看到了另外一句间接评价：连小学四年级水平都不如。我无视这些，只有我自己明白，我读书，我敲字，我要的是重新接通我生命的循环，拯救我自己。我绝不相信，一个从小学开始，作文就常被老师当范文读的人，会连不成句子？当我第一篇五千多字的散文在《荷花淀》刊出，至今，我敲出了近百万字。我找到自己了，能真正把情感、智力、理性等和生命、生活、社会相关的一切，以正确的比例糅合在一起，正常生活了。

我拯救的是自己的灵魂。

简，一个从国外名著《简爱》中走出来的其貌不扬的女教师，在我十几岁时与她相逢、还不能完全读得懂她时，我便为自己的未来，定下一个非常明确的目标，这个醒目的目标，为我后来在俗世红尘中面对钱权的压迫，精心维护着自己的尊严时，起到了决定性的作用。

文学，随时都在为我解着难题。就像我生命中遇到的那些及时帮助到我的贵人，仿佛有神灵相助一样，随时降落在我坎坷的生活中，帮我解开了一个又一个难题。

不管人类的精神走到哪里，始终是要从心开始，而终于心。我在小城的修鞋店里见到了几十双平等的鞋子；我在中国文化的源头之一《金刚经》里面，读到"次第乞食"四个字。如此简简单单四个字，瞬间就把混沌的心拨亮了，是一种持恒超拔的力，是足以力扶众生的力；在宋代词人苏轼的生平中，读到了"人间有味是清欢"。在《摆渡人》一书中，我读到人世间永远无法战胜的力量，永远来自于人的内心。在胡适先生精心地理顺着中国哲学史的时候，我触摸到了华夏文明的根基。在无数次翻开墨黑的文字时，无数黑夜亮起来，胜过白昼。

坦诚地讲，我是做过文学梦的。

这梦在最早的时候，不是梦，只是一种植于内心深处的渴望，是想把自己内心一些纷杂的存在拿出来，让心轻松的唯一方式。所以，就一直从不为了什么，敲呀敲。许多年了。当真正认识到文学的意义时，才明白。文学真的是一个梦。所以，很多年了，我孜孜以求，想方设法地理解文学，接近文学。许是正应了契诃夫的名言吧："所有的妇产科医生都是理想主义者。"同时，在我渐趋从中外的文学著作中汲取到纯正的精神营养时，真正意识到了文学之于人类社会的重要性和"读一本好书相当于遇到一位贤者"的至理名言。

金岳霖先生曾说，希望知识分子能够像苏格拉底那样，把自己的信仰、操守、人格、情怀和专业融合在一起。还说冯友兰先生就是这样一个人。可见，所有的知识分子都应该理解文学的真正意义，接近文学，做到与之融合。

这或许是人们在寻找文学的意义时，真正应该寻找的。

朴字见色

沈德潜曾言："古人不废炼字法，然以意胜，而不以字胜。故能平字见奇，常字见险，陈字见新，朴字见色。"

近期时间紧张，读些零碎。却见诗、文凝神聚力处，字字句句勾勒情韵无限，并无旁生的豪词艳字，故作帮衬。诗文中蕴含的大意对心灵的冲击，并无半点因字而削减，亦对"朴字见色"四字对文学的助力，更为执信和佩服。对之前理解到的意字之别，又有了感觉上新的不同。

无论古人、今人，皆言在诗词格律上以意境为上，格律次之的主旨，其中王国维说得最肯綮，最明确。袁枚也曾用了朴素的话语扼要说了这个道理，并首先阐明朴字见色。不搔首弄姿者，最是余韵悠长，传意最佳，最易令人信服。

古体诗中，童叟皆知的《静夜思》《锄禾》《夜宿山寺》《咏鹅》《赋得古原草送别》等上口名句，诗人们也不排除曾认真炼过字，却不用一个身披华衣的字词，是怕诗中之意被字独领风骚，还是诗人们从真正意义上，深深领会到了词和意所从属的宾主关系。

因是随便读来，又读到现代诗，便从《一代人》"黑夜给了我黑色的眼睛/我却用它寻找光明。"《远和近》"你/一会看我/一会看云/我觉得/你看我时很远/你看云时很近。"（顾城）简短的诗句，如《一代人》诗中意，针一样刺入人心，犹如看到了眼前便是在黑夜里寻找光明的更明亮了的眼睛，更迫切需要光明的眼睛……《远和近》不多几个普通汉字，将人与人的远，而人与自然的近的现状，涂抹得真实有情又有了悲悯情怀。醉卧在希望的河堤，一任泉一样清澈和透明的余韵，向前，明快而又有着复杂的真实，相信读过的人，对此简白几字对《远和近》的牵肠挂肚的思绪，再无绝望，还想说的是，与我们眼前的现实有些相近了，人不想再亲近人，而只与天地语。

又读到《乡愁》（余光中）

> 小时候／乡愁是一枚小小的邮票／我在这头／母亲在那头
> 长大后／乡愁是一张窄窄的船票／我在这头／新娘在那头
> 后来呀／乡愁是一方矮矮的坟墓／我在外头／母亲在里头
> 而现在／乡愁是一湾浅浅的海峡／我在这头／大陆在那头

读过的人，会再无忘，且是一见便能记住的最泛白的字眼，小小的邮票，这头，那头；矮矮的坟墓，里头，外头；浅浅的海峡，这头，又那头。长期纠结的乡愁就在这接近唉声叹气的诗句中，延展出无限的愁绪。读者，自会从《乡愁》的不断演变中，感受到灵魂深处那一段接连不断的愁绪。而小小，窄窄，矮矮，浅浅，这些最普通不过的形容词，就在诗人用真情谱就的这场世人无法比拟的永远的乡愁中，落笔成高句。这些，全都是“朴字见色”最无争的事实。

“从明天起/和每一个亲人通信/告诉他们我的幸福/那幸福的闪电告诉我的/我将告诉每一个人”（海子）等等这些当代正漫天飞舞着的令人信服、令人传诵不止的诗句，从侧面已轻轻告诉人们，心中最神圣的诗句，无须刻意，更无须雕琢，便是心中浑然天成之佳酿绝句。

当下，也在网络或诗刊中，读诗无数。或现代，或格律。言情寄景，抒情达意，各有所长，各具特色。其中不乏标准的格律诗句，很好的或言情或达志的好诗。但过目不忘，令人回首无止、思潮起伏的，却寥若晨星。

读过一位当代作家写的一首诗，诗人在“刘公岛”游过，沉思历史，即豪吟出：八里刘公岛/千年甲午寒/提督殉国时/太后正试簪。读过时，被诗中凝练成白帛样醒目的耻辱，醒然于世的气魄所征服。直白几个数字，不着一个形容词，却揭出国人心中无法消抹的痛。刘公岛不长，八里。甲午战争却成了国人心中永远的寒。昭然若揭的当朝清政府的嘴脸，永不瞑目的提督以身殉国时的悲壮、无奈和难解，以“试簪”二字，貌似轻描淡写。那一时刻的悠闲，却在重墨里，令读者发出泣血的怨和恨。

大概，所有的文短意长，文清意重，正是如此吧。读过此诗的读者，怎会忘记这清清淡淡几个字的组合、表达出的遮天盖日的阴霾。

月光敲响了山中的黑鼓

读了多年散文了。读陈原老师的散文时，每当徜徉在字里行间，在经年的清风朗月下，你能看到一个在大地上不停行走的背影，继而从文字中慢慢剥离出一场精神的盛宴。

在博爱情怀笼罩之下，在充满香气的泥土地上，慢慢成长起来的灵魂，与土地的关系是一份与生俱来的相依之情，也是与土地上的事物缔结、绵延出生命关系的相依之情。

读《去了高原的兄弟》一文，沉在这样的文字里，你会看到一个向着生命的高原执着挺进的身影，在孤独地寻找和享受着，只有那片高原才会给予人对生命的诠释。那些刻镂在生命之核中的原初物质，也定会在这高原风的吹临之下，顿显出独属于它的最具磅礴气势的生命底色。感喟着在如此富有的情感中、饱含着一腔对生命的虔敬，舒缓而又真切地描摹出了一幅深褐色的生命求真图。

《南山静默在我精神的旷野上》记的是作家行走的南山之实，之恒，揭示的是生命之回归，是对人性最焦渴、最终极的呼唤。读过，内心生出的又是怎样的一种明亮的向往，和灵魂骤然悸动之后的沉静安详呢。终，有南山在，在此呵护着自然的初心，守候着那一群群忘我的生命。在精神的南山上，无遮无蔽的自然自在，独立，淡泊而又坚决的容形，是人类最应该膜拜的精神的庙宇吧。

长达三万多字的《山野物主》，是作家用时间，用耐力，用心灵，用智慧，推开了一扇田野的门。人类的历史，无时无刻不在与田野的博大共生共存。丰厚的田野所展示所给予的，是粗浅的人类所意识不到的宽广，是所抵抗的温暖，是麻木中接纳过的馈赠，是混沌状态之下被叫醒的不知所以，是被抚养的轻浅生命的不知惠恩。在人类心灵的存在史中，田野所呈现的是人无法企及的辽阔之美，蕴含之美，忍耐之美，孤独之美。或许，这正是人类的精神永远不能抵达的地域。行走田野，那些沉甸甸的上升，那些浮躁的降落，那些凝重的自由，那些肆意的倒戈，在这唯一的永恒之内，长吟的是田野之于人类的不朽风情。低头细思量，田野也可以说成是对人类精神的独特安抚和永恒救赎。

《悬着的果园》一文中，你会看到悬着的果园，正是悬在芸芸众生心上的一把利刃。当现代文明公然充当着笑面使者的身份，无情践踏着大自然美好宽博的胸膛时，我读到了文章中烙印在大地上的深深浅浅的伤痕，体味到了作者本意中所要传达的，源于内心的几近苍白的呐喊。舒缓的笔调，无比真切的情感，就在这块沉实的大地上书写下一种沉痛的呼唤，一种要用尽所有的心力，来唤醒人类，不要再自毁家园的可怜的本能。《滴泉》中偶遇之后牵念于心的“滴泉”，相对于世间的宏大与壮观来说，是那样的微不足道。可对于天地间生生不息的生命来讲，那份与生俱来的，从灵魂深处溢出的不可忽视的力量与执着，又是那样的可敬可表。当滚滚红尘中人类的心脏亦能从容脉动，亦能平静如泉，亦能从喧嚣中的“无我”走到宁静中的“有我”，那样，又该是怎样的行走于世间的从容与睿智呢！

作家还从诗歌的源与流、从诗歌的本质出发、从诗歌与人类血脉的关联入手，那么坚定地说出了心底的疼痛和长长的渴盼。并坚持地说《诗人已成为诗歌的敌人》，这哪里是在单纯地说诗歌啊！是在说所有的文学艺术。不，不止是在说文学艺术，是在说整个世界上所有现实的存在。正在出生的，正在生长的，貌似强大实则正在萎缩的……虔诚地读了几遍，细细品读到作者用哲学思维、用文学的唯美语言简明地道出、评判着我们面前的种种存在——人类自己才是自己的敌人。

一位作家曾在一首诗歌中更深刻地表达出了，生命存在的无限是只有出发点的圆。广阔的宇宙成就的是天人合一，是万象归心。起承转合之间，湛蓝的心空宁静到没有了疆域之时，一种真实质感的辽阔与完整，就会与灵魂相合相融，化生为一种值得珍藏的物质的存在。有限的生命可成就的无限，是与宇宙等大的相依，是遗弃了虚无的永恒，是人类灵魂深处的射线。

在人类所有的精神行走中，没有哪一种精神契合的发生，纯属偶然。作家在对土地，对生命细微的认知和理解时，作为读者的你我，似乎看到了一个人在用尽所有的心力，在沉实的土地上掘一口关于社会，关于生命，关于人生，关于生存道德的深井。而你我，正是喝到了这口井中甘甜泉水的，幸运的人。这种心与沙石、心与地面真实摩擦后，伴着疼痛发出的声音，也是支撑人类情感和理性的最大的力。

当人类的精神在虚妄的现实中、在一望无际的空旷中迷失，找不到出路，或碰撞到伤痕难顾，我相信每一双睁大的眼眸中，那份永世难解的希望都是挂满了泪珠的。在精神高原开出的花朵分量是那样凝重，且惊心动魄，但愿这股从童年开始积聚、从胸膛中汹涌而出的精神汁液，能激情地灌流到岁月的深处，进而滋润到那些苍白的灵魂吧。

万物成熟的秋天，伴随灵魂飞升的是能汇融于大地、与秋同属的肉身。季节所安葬的是腐朽，是泛人类的精神中没有结晶功能的浮华。越接近大地的核，精神的居留地便更广阔、沉实与安静。精神重心的坠落，是文学的飞升，是人性的飞升。

在土地最深层邂逅的是灵魂的染色体，是一种洁净明亮的坚守和种植。读到一句话，就似读到了陈原老师散文中的所有：月光敲响了山中的黑鼓，只有一个乞丐般的漂泊者在旷野中的露水和青苔边真切地听到了。

挚真的诗义

读到一本诗集，是诗中挚真的情韵拖曳着我的心，走近了诗人的内心世界。

读过，认定这是一个挚真的诗人。也认定，这是一个深识人生真意、志向和性情，被历练得更加理性、明阔的诗人。

诗人的诗中流出的情，涵盖着亲情，友情，爱民、爱国之情，等等。这些情，都很大，没有污浊，没有异彩，没有修掩。读来，是那样的纯真。细品，又是那样的浓烈。

诗人的友人多。也许正是缘于诗人的真。能与一颗真正的心灵交流是一种欣慰，也可以说是一件幸事。当友人远离到边塞任职；当友人返回相聚；当友人略有建树；当友人弃去所喜不得不另谋，当友人病逝，皆会引诗人心海波滔滚滚，挥毫泼墨，写下一首首荡气回肠的诗作。或喜、或叹、或庆贺、或激励、或送行、或哀伤。那份真，那份诚，那一串串友人的影子，那一幅幅多彩的生活画卷。诗中明存，意中铭刻。

诗人的泪多。诗人的泪为亲情而流；为自己失去父亲落泪，为母亲的坚强落泪；因母亲故去后，无法排解的思念之痛而落泪。为参加革命南下后与母亲再无联系的舅舅所作挽歌更是有着泣血的思念。看到自己的女儿花枝招展，为勾想起的村娃肌黄皮瘦、衣衫褴褛落泪；这些泪，是从心的深处滴落的，是在经历过风雨之后凝成的圣洁的泪水。那一串串泪珠不自觉地引读者共鸣、同泣。

诗人诗中亲情的演绎最多的是诗人的爱女，得天娇遣我的父爱，莫当浪子的厚望，梦中无端笑的思念，紧抱未安心的呵护，为女祈健慧，希女宜谦和、知进退，劝女立志，勿学纨绔儿的深情教诲，都一一在诗中写就。不难想象，当诗人看到爱女娉娉婷婷的身影，融入清华园中盛开着的紫荆花丛时，一定好一番开怀畅饮。

与历史面对面，诗人在遒劲的诗行中，明释义理，扬善嘲恶。中山陵前拜谒时，他心喜看到接连海峡两岸的飞虹；雨花台烈士墓近旁，诉说对无章管理和无情喧扰的极端反感；在兵谏亭沿路寻迹、身感步履维艰时，对曾经一幕的轻嘲热讽；移步刘公岛，更吟诵出对提督无奈自尽、清政府执政者无视国家和民族利益的痛斥和愤慨；止园已非昔，却充溢着敬仰之情；在兵马俑的壮观中，诗人想到的是史称暴君的秦皇或可是废除了活人陪葬；夫子庙变味后的轻描暗讥等等，诗中皆以清洁爽丽、直观厚实的诗句畅叙无遗。读过，一直挺挺中华好男儿的大情大愿，跃然纸上，明铺心头。

与现实对话时，诗人也曾痛心地记下盛宴的铺张，公私的苟融。诗中描出的强挤慢压的笑容，一餐抵半年的心痛，都在字里行间明摆。诗行的中心，他一定是在为红旗车的血红，刺得双目疼痛了。目睹着呕出的吹捧，亲历着挤出的媚笑，统统被诗人用心拂去，低头捡起真诚的是最真的诗人。

诗人爱自己的国家。记得最清楚感受得最独到的是，当他因公到瑞典看到芳草凄凄的自然美景，他心中念想的是，裁剪一片，染绿我中华大地。在英国，他想的是昔日虎门销烟的壮举和盼中华崛起的心切，他想的是用梦中的白勾线，题款。当他站在欧洲难以理解的橱窗前，他在嘲讽这种低俗文化。可他看到国之界在这里淡化并升腾着繁荣的云烟时，诗人一声长吟——中国，你应当在哪里？在意大利，诗人看到昔日的辉煌当今的废墟，更如大梦初醒般理解了人之生、活，国家之兴、衰。又深记得，当诗人站在废墟上时，他拍下一棵石下奋生的嫩芽，那一棵嫩芽坚韧的绿至今在我脑海中生长着，生长着。这一颗拳拳爱国之心，这盼望着我们的祖国早日富强的祈愿和厚望，在诗行中是那么明晰，那么着力，那么赤诚，那么热切。

他，笔如椽，心如海。他心中的爱是大爱。品高诗自佳，人正诗清，即是如此吧！我等拙笔写不完，道不尽。

全文读过，却见诗集跋中诗人自嘲着，所作懒推平仄，皆酒后昏话，幸读者清醒。

是酒后的随意，还是真言？实是大义大理之着重再现！

放眼回望，诗人忠于事业，建树不凡。他本职内的科技论文，字逾百万，其中不乏国家级大奖，是名副其实的国家级科技型学者。一曲高亢的人生咏叹调咏出了人与人的平等，咏出作为生命个体的人，绝对应该是一部独立的著作。“信求真善美，不忘贫苦寒。”是他为人的坚定理念和不朽信仰。他酷爱文学，长志不衰，文学青年之激情，依旧荡漾在诗人的心间！

一页菩提

钟声闻，烦恼轻，智慧长，菩提生……

读到一短篇小说《菩提钟》，又是一种怎样的感动呢！又应该怎么去述说它所包含的都是些什么呢？说它是一棵菩提树，是一颗菩提心，更是一曲着力赞扬善美的歌谣。

读完最后一页，眼前汩汩地冒出了许多形形色色的眼睛，各种扑朔迷离的眼神们，掺杂着道说不明的心事，迟疑不去。

小说从生活极其常见的现象中，饱蘸着心灵善美的汁液，精心提炼出能够滋养到名利驱使下的，越来越寡淡无味的尘世的作品。读过，似看到作家是如何凝聚他心灵的光芒、舞动他忠实的灵魂，酿成了这杯营养尘世麻痹神经的精神蜜饮。

从一个心境持平、艺术造诣深厚，却名不见经传的协会主席老周入手，从他淡然生活又服从于生活的安排中，浅浅地道出了他心底对美好生活的渴望。揭开他素凡生活中美好心灵的愿望之纱，轻松为我们引见到了文章中的主人公：一个体态举止酷似其儿子模样的斯斯文文的爱书法并有一定书法造诣却找不到工作的大学生；一个为达到自己目的，用不太高明的手段屡屡行骗于艺术界的年轻人。当这个年轻人在作家巧妙展开的叙事中，鲜明地站在我们面前，在他的欲求被作者熟练精巧的构思，呈现在我们眼前时，钟声响了。寺院的钟声响了……

一下。

一下。又一下……

与其说这钟声为我们拨开了通常人性中，高高举过头顶的无情的拳头，不如说是因为爱，因了几千年的血脉长流、固守在心中的不会风化的父爱。一种长响在心中的菩提钟，就随之敲出了人世间爱的伟大宣言。

文章中心的妙处在于，没有让我们服从于文中的另一个人物，也是现实中思维极端正常的人物邱平的思路，去思考问题，处理问题，让一个年轻人接受他应有的惩罚，而是变相地演奏出了人性的凯歌。作品中的老周是一个给儿子买不起笔记本电脑的父亲，是一个因为得到三十块钱稿费就觉得腰粗的艺术家。可是，在他看清了一切，明白了一切，在他一杯又一杯地与这个年轻人推杯换盏之时，他的目光是望着远处的。他喝得那样醉，他站得那样直，站在了人性的高处。读到这里，那口菩提钟响得更有节奏，任心都会得以皈依吧。

小说最后，作家用了许多看似反复的语言，让老周似乎借用了醉话，反反复复，反反复复地和年轻人说今后，说赠给他的那幅画，说人生，说书法。反反复复地说着，画送他了，人少点欲望，将来会更好的。

“将来会好的。”直说到年轻人，从“醉中”渐渐地清醒些，跪倒在地。

是醉，是醒，钟声响起，明者自明，醒者自醒。

钟声闻，烦恼轻，智慧长，菩提生……

小说落定了。钟声又响起，不知那位年轻人真的听懂了吗？老周的心像被什么划拉了一下，作者又留给了读者一个长长的思考空间，勾勒出一个沉甸甸的现实。

反复纠结

再读《罪与罚》，如果伟大的作家陀思妥耶夫斯基地下有知，请原谅作为一个不太高明、还算细微的读者，从主观上避开了书的主旨，而说些在生活中体会到的接近旁门左道的东西。

现在，我要说的最多的是马尔梅拉多夫。在说他之前，我要说说将撇开哪些人，有书中的核心重要人物、作为主人公的拉斯柯尔尼科夫、一个大学生未毕业为了达到什么目的而最终自我拯救的人；一个被生活所迫做了妓女、但心始终是清醒的善良的索妮娅；一个被贫困的生活所困、却不改自尊自爱的杜尼娅；一个聪明机智、也可以说带着狡黠的警官波里菲尔；以及一个“特殊”的怪物老头、为富不仁的卢仁；还有到文章最后，竟然能够反省到杀死自己的那位、我实在不愿记住名字的、不择手段的凶险而卑鄙的人。

现在开始说马尔梅拉多夫，为什么说他呢？一是读完此书后，感觉这是个必不可少的人物，让我更好地理解了作家所要表达的东西。二是读过此书之后，我的内心世界经历了对这个人物的远远嘲笑，进而转变到今天对这个人物近距离的审视，并对“他”这种思想现象和现实开始了一种探寻。总之，全书中那些轰轰烈烈到最后的人物，没有提供给我的，这个半路退场的人物竟然都指给了我。让我站在当事人的角度上，思之又思……

在如此混乱的制度里，一个人因为酒精依赖而只想见父母、不想见人的人物出现了。他太鲜活了。即便是在美好现实中，好吃懒做比其更甚者，比比皆是。当一个女子嫁给穷困潦倒的他，他仍日日买醉，以至病入膏肓时都不思变，仍去喝酒解忧。当他的妻子劝他让女儿去做妓女、以维持窘迫的生活时，他最终还是同意了，灌注到内心深处的痛苦和无奈，仍旧是用酒来解决。

酒精替他解决问题了吗？

一醉就忘了所有的苦难了？

可，不醉又怎样？

这样一个在强迫自己无数次振作起，又一次次倒下的人，最终死在了马蹄之下。而且是在拉斯柯尔尼科夫的帮助下，才得以入土为安。

如果把拉斯柯尔尼科夫漫长的自我心灵救赎，与马尔梅拉多夫沉沦至死相对比，不难得出这样的结论。人，作为个体来说，完全有能力使心灵的生长、发育，以至于得到真正的复活。我要说的是这得需要多少内在、持恒的力量呢？有多少人无意间、和这文中的悲剧人物一样，沉沦到死了呢？

作家让我们充分领略到，拉斯柯尔尼科夫从白天到黑夜，再从黑夜到白天的反复纠结中，在这个漫长的过程中，关乎的是人性中生与死的距离。

人类最艰难的一件事

当这篇小说把宗教与艺术放在一起，想说点什么时，不免会头大。可还是硬着头皮读了些与这两者密切联系的短小说《走在蓝色的田野上》。

《走在蓝色的田野上》说的是主持婚礼的“神父”与举行婚礼的新娘之间的感情纠葛。从婚礼微细的场景开始，从一点一滴到一举一动，漫释出了一幕将主人公内心世界里的“持”与“释”，到最后无奈的情感归依，一点一点地展给了读者。读者呢，自在这种精致构思的场景与对话中，享受到了艺术所带来的快慰，享受到了人在灵魂深处自我对语时的真实。站在艺术的角度来讲，文章中故事构成的巧妙，语言的精致，“暗伏的枪支”在射击时的痛快淋漓，足令读者叹服。文中的许多对话性的绝妙语言（用生动、有力形容），是它们支撑着作品并让作品在人生、在信仰的高度上展览出的一种独特的韵味。

她看上去很平静，但手里的花束却在颤抖。

“你肯定冷了。”他说。

“没有。”

“肯定冷了。”

“没有。”她说，“什么感觉也没有。”

……神父的目光掠过摄影师的头顶，看着天上的云。云移动得很快，遮住了太阳，把这场合法婚礼的影子投在了草地上。

这是一场心理战。肯定的问句，显然是在问她心里冷否，而她又是那么肯定地在回绝着这份关爱。可是当作者用云移的速度之快，来代替目光的快和心里的决绝时，这份爱，又应该如何解释呢？

再看：劳勒沉默下来，又注视着新郎。“当一个女人打定主意时，你可别去妨碍她，你最好躲得远远的。”

“车到山前必有路。”神父安慰他道。

神父这句明着是在安慰人的话，其实是他内心世界里，对前路对命运安排的自言自语。他在等，他在游移，他的心是一种表面的平静……

她眼里噙着泪花，但是她太骄傲了，不肯眨眨眼皮让泪水掉落。如果她眨了，他就会牵起她的手，带着她远远地离开这个地方，至少，他是这样告诉自己的。这是她曾经想要的。但是，两个人很少在人生的特定时刻想要同样的东西。这恐怕是人类最艰难的一件事。

“本来有多少？”

“有多少？”新娘说着，摇了摇头。

“哎！”他说，“你知道项链上本来有多少颗珍珠吗？”

简明的几句对话，你自会明白神父的问话里，在问什么。可是，不肯让泪落下的女子怎么能分得清这珍珠有多少颗呢？分得清，又会说出它有多少颗吗？说得再明显一些，我们之间的爱可以数得清吗？

神父指着墙上的那张版画。

“这是什么？”他问。

“古老。”中国人说。

“空的。”神父笑着说。

……“空的，”神父说，“不满。”

“对。”中国人说，“你有烦恼。”

这段对话中，空和不满是对话的主体，字简而意明，字少而言深。

做这个故事的主题思想，似乎不合人意！

读这类文学作品，须反复读。读故事，读语言，读它的社会意义，读艺术与宗教的相谐成一的美感。也不例外正是符合着“宗教与艺术是神的两个女儿”这句名言。当主人公之一的神父在替人解烦恼，反被烦恼缠绕住心神，在给芸芸众生上课时，更彰显出一种人性的欲求与空荡荡的信仰、反抗与顺从之间的微妙关系。而作者，也真实地把她内心所要传递给人的，以一种唯美的形式，绘制了出来。

疼痛也好，心灵的皈依也罢！在处理人类的最艰难的事情、感情面前，这样的故事就是能让人心思翻腾，绕梁三日仍有余味的。

尘世莲香

——读唐继东诗集《莲女子》

轻抹淌在心底的惆怅，淡淡月光里，一个姣好的女子，一朵出水而在的莲，轻盈着，闯入了另一个女子无寐的心窗。

与其说是拥着一份爱，品读着诗集《莲女子》，不若说成是读多年来在文字中结识的，这个如莲女子的又一份沉静美好的心怀。这里面，充满了婉和的爱纤细的忧伤，执着的追求和隶属于生命的人性的辉光，所有这些，皆在细致的情感溪涧中，相交汇聚，不绝地流淌……

尘世里的时光，悠悠地走。遥远的北国有一盏灯火，将我一次次点亮。

环顾这尘世，幸遇上不远处的莲的目光。满怀希望，稳和沉静，洁白素雅，珍爱时光，真情永在，这一组虽不能尽现其质、其美的词语，完全可以定位成《莲女子》这篇抒情散文的几个关键词语，这些词，静伫在人性的至高点上，无半点喧哗，尤其在月光里，徐徐缓缓擢升出的那枝莲影，容形尽现，温婉柔和，清雅致美，一如让人见到了生命的原初。

莲塘幽静，莲语轻轻。

我似乎就坐在唐姐的不远处，看她凝重的眸光是如何感知着生命和时光的。面对着夏日的一片叶子，冬天的一枚“热烈而单纯”的雪花，再或一朵出水的莲，一阕粉色的爱情，她一直就这么细细地说着，品味着，人生过往中的喜悦和忧伤，柔弱和坚硬就在温和洁净的文字中亮展出它宽坦的姿容和不屈的性情。邂逅相遇到一个从远古走来的书生，相逢相知到一个慷慨激昂、有着治国谋略的贤达，“经年以后/五月依旧/你种下的兰蕙依旧，清风依旧/我依旧……先生你要知我。……先生/你看/那么多诗歌用你的流浪过的河水滋养着/纷纷绽放了/清香/满国/你可以放心了”，“是谁祭起青铜的剑，刺穿/暗藏鞠秽的华裳……”等等，在这些用精神的圣水调制出的唯美的诗句中，他们一个个都活生生地走了出来，美好的祈愿成就的是一份心灵的宽慰，更是一份由衷的渴盼。相信眼前的尘世，由此，安静了许多吧。

面对时光的远去，与存在的美好，在厚重且精描的心思里，读到，“一本 365 页的书轻轻合上/关闭了那么多的喜悦/忧伤/还有惆怅”，“是谁解开了季节的纽扣/春光乍露/淡淡绿意……是她羞涩的瞳。”“时光/一滴滴/滴落……岁月/不过是踏在纤纤足印里如歌的行板。”这是感到时光迅捷的女子在读时光。我在诗行中听到了时光声声滴落的声音，这是唯美的心在和我们一起感叹着时光的脚步，喜悦和忧伤一并走过去了。追忆时光之余，她仍不忘将一份随时光而来的淡定和从容，一并递给了我们，让它和我们一起，珍爱着每一个值得珍爱的日子。

乡情，友情，爱情，亲情，真的情是那样的精致动人，“我忍住泪/试图用所有的真诚和耐心/经纬交织/铺陈更细密的挽留”“静默/尘世里不知这清音/可有唱和/一曲高山/一阕流水”，“春水用整整一冬的时间/孕育爱情。……桃花/用姣美的唇/含住了春风的笑靥/温暖了最难将息的料峭时节……唯美随春风扶摇而上/发表地永恒的天空。”当一些美好被时光无情筛下，当朋友变成陌路，你能感受到诗句中瑟瑟发抖的心，存在着的是怎样的一份失落和酸楚，希望一份友情唱和到极致的心，渴望爱情纯美至性的诗心，是发表在人性天空下的永恒。“奶奶/

近来我正和甲醛进行一场战争……/你窗外那朵白色的莲花，昨夜晶莹的/露珠，是你最疼爱的孙女儿/委屈的泪滴。我累了/想回到你用蓝印花布缝成的小房子/……”当乡情和亲情相互缠绕重叠出一种无以言说的忧伤，你可以想象，诗行中漫出的又是怎样的一份关于爱的痴和重！

“而你/注定是黑色淤泥里/不变的颜色”，“一个长发女子/随风而入”“她看到自己的来世/单纯/安静/是一朵白色的莲花”，这些柔、韧并在的诗句，是坚守，是希望，是呼唤，更是唤醒人类拒绝人性沉沦的歌谣。

由此诗心堆积，诗歌的海平面上便悠然飘出一个长发女子，和莲香并立一起，平净温和，舒顺美好。

多次想象着，唐姐会在一个个静静的夜晚，或品茗静坐，或抬头对着闪烁繁星，梳理人生四季中这些细微的美好、爱和忧伤。在她的心里，必定有一个由诗歌环绕，由莲香夹在其中的纯情而倔强的精神世界。那里，生机盎然，莲香四溢。当诗歌艺术与人性的美好相携，当美好的渴望在逐渐冷却的现实中，尽兴弥散开来，我相信，有一种笑容会在阳光下尽情绽放。

诗心荡漾出的层层涟漪，一圈又一圈地激越着读者的心，眼睛里是莲优美的姿身和品格。当这个女子高举着对生活饱满的热情固守着一池莲香，精心描绘着莲沉静的光芒时，放眼尘世，那份洁白定会揩净我们眼睛里最细小的尘埃。

几遍读过，诗书轻合，阵阵莲香自如雪的页面上缓缓溢出，散发到清丽的天空之下，不由回过头来对着这莲香，凝眸驻足，一任这缕香气，安然流过凡俗的心头……

式微的村庄

读完闺蜜送来的长篇小说《甘家洼风景》时，初秋的夜色已浓，窗子是紧闭着的，却有不知从何处挤进的股股凉意，超越了这个季节，抢在了心的前头。

首先要说明的是，作为个体的人，我的肌肤、骨骼、神经，包括血液都来自土地和村庄。和这书中的人物命运不同的是，我是在学校学会了三千个字之后，离开了生养我的村庄进了城，并在坚硬的水泥地面上找到了方寸的栖息之地。而后，在我的人生旅途中，作为一个女人，还曾再一次被嫁接到了另外一个村庄，直到六年前公婆搬到县城，所有与我相关的村庄的全部，统统被我抛在了身后。和村庄的紧密联系，从此名存实亡。

属于村庄的我，是深爱村庄的。读完这本书，为现实中村庄的脚步，我怔怔地发呆，满目惆怅无处宣泄。为我自己身后的村庄，还为和这书中有着同样命运的村庄们。

读这个村庄，从活物读到香火，从土黄色页面上滚滚向前挡不住的车轮，读到磨粉失去理智后的恩将仇报。我似乎就和老甘一样了，带着小皮，走在坑坑洼洼的甘家洼的大小路上。看到了甘家洼大大小小的老火山，见到了甘家洼所有的窑洞，把甘家洼不多的几户人家都走遍了。走遍了，也就熟识了这个村庄的一切，老老少少的人，天和地，太阳和月亮，星星和云朵，戏台，庙宇，老杨头，向日葵，鸡，狗，甚至是穿行在这块贫瘠土地上的蚂蚁。结识了仅存的依旧盘踞在这个村庄的村长老甘，和那些有着不同命运的三铁匠、月桂、老葵、哑巴宏声、富仁的老娘等这个村庄的主人们，以及和这个村庄持续发生关系的收破烂的大老王，卖杂货的“知己”，等等。并随小雪、天霞、小凤、天成、二旺的身影到他们栖居的城市，转了一大圈。

《活物》作为开篇，老甘和小皮是这个村庄活动最多的两个活物。他们一动不动，和远处静伫的老火山对比之下，一种无尽的苍凉就在作者的笔下强烈地铺陈开。跑了媳妇的老甘就和身边的小皮说心里话，什么都和它说。有什么不能和它说呢，不和它说和谁说呢。媳妇跟人跑了，一对老人因为村里学校没了，陪孩子到城里读书，家里只剩下老甘和小皮，小皮什么都不懂，又似乎什么都懂。面对这种衰败，在作者眼里，心里是一种被抽打的疼痛，更是一种无以言说的凄凉吧。

《向日葵》里的夫妻寄生在城市里，却永远无法在钢筋混凝土中扎下根来，辛苦地维护着惨淡经营的缝补生意，聊以度日。他们和老火山坡地里的向日葵一样苟且偷生，在城市的二层地下室里苦苦煎熬着，还会充满渴望地偶尔“升”（这个动词作家用得实在是好）到地面上来，对着太阳缓散着久居地下室的霉味时，他们会想着甘家洼那一片又一片的太阳，会和村里那一片又一片的向日葵相比，他们是缺少阳光的。是什么让他们成了一株总想围着太阳转来转去的向日葵了呢！用向日葵这样一株植物做乡村精神归依的意象和隐喻事物的核心物质，那种感觉在用精湛的艺术手段处理过后，带给读者的，是与众不同的会有奇特心理感应的事物。

《普通话》里的小雪，他的父亲为他张罗的对象一样，对城市有一种向往，被压下去又浮起，浮起又被压下去的普通话，最后成了丰盛的酒桌上最亮的风景。普通话，是落后的农耕文明对城市极其向往的一种真实写照，谁又能把它掐灭呢，又想把它掐灭呢。《看西湖去》中的老婆婆富仁的老娘，一个人过年，一个人贴对联，一个人挂灯笼，一个人吃年饭，一个人拢旺火，最后孤零零地被烧死在一片年红之中。村子空了，孩子走了，叫天天不应，叫地地不灵。读这个老人，一眨眼我们会想到无数个熟悉的村庄里的老人。一位我曾熟悉的老人，不同的是她没有被烧死，她是自己吊死的，在这种主动或被动的被抛弃里，乡村这个仍明显存在着的字眼，到底又变成了怎样一种可怕的被扭曲了的物质呢！

站成排的红火热闹着的雪人们，是乡村的昔日吗？《雪国》中，这种构思，让一种超负荷的希望轻飘飘地重现了一次，让读者的心又被真实地扎疼一次。雪化了，雪人没了。甘家洼还是甘家洼，老甘却还是老甘，他仍旧抱定这个村子会重新活泛起来的想法，他的想法还有可能成为现实吗？《空城计》里是那一场又一场令人啼笑皆非的“戏”，租来的妻子，花钱买热闹买来的失望，等等，想啊想，我和爱人在今年不也看了一场这样的戏吗？台上无数演员，台下观众是六个老人。书中的老甘有父母帮着烧水，而我们所到的村长是亲自端茶送饭，紧赔笑脸，生怕怠慢了这些他好不容易“请”回来的“客人”。我们没有悖村长的面子，回去了半晌，可大多数人不还是没有回来吗？

《酒国》里慷慨激昂的村长为假想挤得满满的“村民们”（实际只有几个孩子嬉闹的会场）开的长长的村民会议，会议散了，太阳咣当一声落到老火山后面了，可那只喇叭却永远响在了我的心头。老甘在喇叭里不是在开会，他是在呼唤，在呼唤曾经的人山人海，曾经的欢笑……《知己》里貌似分不出寂寞与带目的性的语言和笑容的老甘，两次进城给那位“知己”送开业庆典花篮，到最后招来谩骂，这一章留给读者的又是怎样一个背影呢！《夜活儿》里这个村庄的单调，这个文章表面上看是单属于村长老甘的，可是读完再想，你会马上否定自己，这是老甘的不甘，是一个村庄的不甘，更是一个时代的不甘。这些故事里面的许多人物的语言和行为，在不同场合时常浮荡着令人发笑的大小粒子。可读过，又有哪个能笑得出来呢！不但笑不出来，我的眼里则是泪光盈盈……

《回家》和《鸳鸯枕》是作者将笔墨完全交给了外出打工，为挣钱养家的两个农家男人的。作者从他们对家的天然依赖和所勾勒出的温暖的梦中，巧妙而准确地刻画出了他们的无助、无奈和迷茫。一个妻子在家被人欺凌怀了别人的孩子，一个妻子在家由于耐不住寂寞不由自主地走出了家门。二人的遭遇虽不同，却是从同一点上出发的，作者将农村的这种真空状态下变异了的生活现实，包括精神的、物质的，同时高高地举了起来，一览无余地展现在了天空下，这就是我们眼下的农村。他们都想回家呀！一个回了，却是日夜难寐，一个由于心里压抑没回，再等了几天却因故死在了回家的途中。最后，那魂还在说："要回家看一看。"这种对家、对乡村的无法释怀的眷恋，更是作者由心底发出的一波洪流，将一份乡情描述得如此的沉重和痛楚，那份乡情，该有多重！

两个孩子在崎岖不平的上学路上说着串串童稚的对话，《结婚》通过侧面描写乡村学校撤并后，所带来的所有与生活、上学相关的无奈。在孩子的天真里，你不由对乡村逐渐消枯的现实，发出长长的夹带着绝望的叹息。《宋城泪》写北大的二叔，一个背井离乡，被人说着发了财却在卑微地活着，开着无牌无照"三老爷车"的车夫。作者通过一个十六七岁青少年的眼睛，清晰地标记出了城市与乡村之间的距离，理想与现实的距离。《杂种》写女人怀了别人的孩子又打不掉之后，男人回来了，男人和女人之间爱与恨的矛盾心理，真是行行复行行，纠葛不止，最终他们在生下孩子之后，离开了这个令心郁愁不止的村庄。可是，这样就能忘了自己是谁，忘了自己的村庄在哪里了吗！

《浮石》和《老瓜棚》更是着眼于孩子在外读书，孤守着家的女人内心世界里的空寂和落寞，将一种尴尬的现实，重重地摆在了人们的眼前。能在水里浮起来的是浮石，在心里浮起来的又是什么？《弹力裤》里老甘的老婆又回来了，尽管老甘对她日思夜想，却拒绝和她一起走，外面再好再热闹也不离开。我认定是作者把自己内心深处的不离开附笔在老甘身上，在家里没个女人瘫软无序的生活和与女人进城开店的选择面前，老甘选择了乡村。面对作者曾一而再再而三地集中超量笔墨，铺垫老甘对老婆的思念之余，老甘这种不可思议的对舒适生活的背叛，一种对乡村之情的固守，就像铁锤一样重重击在读者心头。相信读者的目光会更专注地落在老甘与现实坚决的对峙之中。沉思，再沉思，我们应该用怎样的目光，阅读老甘呢！

尾篇《香火》是甘家洼的一代又一代的信仰，是这个村庄鲜艳存在着的标志符号。只要香火不熄，这个村子就会存在着。在人去楼空的现实面前，在无奈的挣扎变得丧心病狂之后，香火，沉甸甸的香火，竟然也只能由一个哑巴来继承了。有谁能经得起这样的闷声痛击呢？有朝一日这份乡情是不是真的会被逼入绝境呢？一个哑巴，他会不会把甘家洼的香火，日日点燃？

等等，等等，现实就是这样尴尬。面对甘家洼这个小小的乡村，你不由环顾着远远近近所有的乡村，在各个不同的乡村，感叹，漫步，寻找，寻找和这些故事相类似的所有的大大小小的故事。

你不难找到。

著名作家杨焕亭说：乡村的衰落，不只是因为生命主体的大量流失，更在于在一种畸形发展中它自身的萎缩，它让曾经依偎在它怀抱中的生命主体感到陌生，感到疏远，感到一种恍若隔世的迷离。

在我的阅读经历中，《甘家洼风景》是我读到的述写式微乡村的第一部长篇小说，又是多么精致深刻的一部。读后我在想，是作家昭著的写作艺术和精构的故事情节让一个村庄的现在，更难理解了？还是作家坦然自若，妙肖地还原了我们现实中村庄的真实了呢！

不言而喻！

一个村庄的模样就和那些在甘家洼立了几万年的老火山们一样，清晰可见，如一幅久晒于太阳下褪了颜色的油画，无助地蜷缩在一个个老火山下；更如一个风烛残年的老人，它的眉眼，它的五脏六腑都老了，它喘着，叹息着，再也没有了昔日里鲜活的生命气息，所递接来的蓬蓬勃勃的温情诱惑。

在这个时候，任何语言都是苍白的，现实令人思绪反刍，本轻松的内心不由充斥足了一种挣扎的疼痛，一种无助的呐喊。认真听，会听到我们的村庄痛苦的呻吟。

“次等”生命的艳烈

——读严歌苓的长篇小说《金陵十三钗》随记

七天。作家将七天时间里发生的一切独具匠心地组装成一具梭形记忆。在这份记忆的梭腹，上演着残缺、惊恐、血腥、屠杀、耻辱、破碎、反抗以及最上等的对无助生命的保护和爱。在那个年代，几乎所有上演过的那段历史存在都被摆在了幕前。好饱满的内容和色彩，好盛大的纪念和激励。只是这其中，悲壮最为艳烈。读过，且用全部热情来痛悼那些“次等生命”和扶填诸生站立的姿势及活着的内容罢！

时间：一九三七年。地点：南京一所天主教堂。

侵略者的炮声将十几位唱诗班的女学生赶入一所美国人的教堂避难，随之鱼贯而入进入作品中心进入教堂的是那群“次等生命”——十三位秦淮妓女，然后越墙而入的受伤的军官戴涛、从屠杀俘虏的血河中游逃出的两位生命朝不保夕的伤残极重的士兵，都会合在这份记忆里，一起翻着每个中国人都不愿再翻开的那页历史。这时的教堂犹如一只在狂风巨浪中颠簸的小船。问题是，在能否渡过的问题上，求生的希望与残酷的现实之间的差值，到底是多少？

英格曼神甫和中国血统的副神甫法比是信上帝的善人。在教堂的大门半开半掩中，便收留了这么多需日日进食以及日日担忧被夷为平地的处在风雨飘摇中的生命。

作品中，作家渲染了这群孩子天性中的无助和自私，以及对这群人被蹂躏的现实态度。她们还不可能理解到，在当时，此和彼是极其相近的。在水和面包之间，这群学生还没能成长到在国破家亡时，面对赤裸裸的杀掠痛心疾首。而一群风尘女子因暂时不被欺凌却能面对现实，“随遇而安泰然处之”。不愿看她们的衣服，不愿听她们的声音，在这群孩子看来，她们和自己是一种事物的两极，甚至觉得，她们根本就不是人，再加上学会分走她们本不能填饱肚子的面包和水。这问题，此时此刻在她们心里，可就大起来了。

书娟是个较“懂事”的十三岁女学生，在她的同学要带她们其中一位女同学随父亲一同离开这生死未卜之地时，她毅然放弃了十六分之一的逃生希望。

躲进教堂的戴涛和两个目睹大屠杀场面的士兵，他们个性中都有着同样不屈的血性，如同进到教堂时的次序一模一样，在日本侵略者丧心病狂的兽行面前，在他们伤痕难顾的身心面前，在他们也想活着、过平常日子的微薄渴望面前，他们求生的希望一点点被粉碎，他们的筋骨也越发变得有了力量，直至被日本鬼子屠杀，被埋葬在教堂的墓地，竖起一座精神的丰碑。

不断有人走出教堂后惨死。豆蔻、阿顾的死是作者精描日本人一步步渐渐嚣张起来的气焰和更为无耻的践踏，也从侧面反衬出教堂并不安全的境况，血淋淋的事一再发生，厨师、三个军人在教堂内的惨死为将来的替换，埋下了更为充分的伏笔。

赵玉墨气韵不凡的五颗星，使她不由自主暂时左右着这群女子。她从小熟读四书五经，更通琴棋书画。却因命运不济，十岁时即被父亲押给赌头叔叔。十四岁被卖上花船。赵玉墨是“好爱”的人吗？爱一次，伤一次。在教堂，她又“爱”上了这三个受伤的军人，作者说她——爱得断肠。这难道不是一份对平常生活的渴望？这难道不是一份简单明了的对生命的尊重和爱吗？在英格曼神甫作了最后的决定，取得一个小时零四十分钟的时间，要做好的，将是怎样一件事情呢！

替换，替换的结果，人尽可知。正如作品中提到的——为了保护一些生命，必得牺牲另一些生命。那些生命之所以被牺牲，是因为她们不够纯，是次一等的生命。他被迫作出这个选择，把不太纯的、次一等的生命，择出来，奉上祭台，以保护那些更纯、更值得保护的生命。

是这么回事吗？在上帝面前，他有这样的生死抉择权，替上帝作出优和劣的抉择？而当这一切，当神甫踌躇着不知所措时，他看到的是赵玉墨正在“开会”，她已将这件事关生死的事情，抢做在时间的前头。议论，争吵，顾虑，叹息，都是一样的生命啊！无论如何艰难，这些风尘女子还是越过了所有的阻挡。蕴藏在她们心底的对纯洁的向往和最圣洁的爱，使得她们会付出她们的全部。这种祈盼，足可以用生命的代价，来做替换。此时作家的笔墨更为集中，更为清丽，更为纯情。那群彩色的身影，在一瞬间完成了精神的蜕变，在天地之间艳烈无比。

一个个心性十足的女子，因时因世堕入风尘，心中的那份不甘，该是多么血性的隐忍，多么气冲山河的气势啊！她们爱错了吗？她们用爱心轻抚过戴涛受伤的人和心，让他千万不要因一时莽撞失去会生爱的生命。她们用爱心爱这一群含苞的孩子们，用她们的智慧，用她们次等的生命合力，来保护这些更为纯洁的生命。最终情愿化妆成一个个女学生，去赴一场生死。这时，你能说她们此时显现出的不是母亲般伟大的爱吗？破碎的家国，破碎的身心，难道她们会让这些最美好的十三四岁的女孩子，去赴死吗？她们，在她们心中是最美好的希望和未来。在做这些的同时，她们中间年岁最大心性最成熟的赵玉墨，才仅仅 25 岁。

替身们走了。扮成女学生走了。厨子被枪杀后，这些女学生吃着法比做的糊粥和多出来的一份食物，内心波浪般起伏不止。

作品最后写女学生们的举止，都回不到过去了。有什么不同呢？这正是作家的巧妙之处，一个支离破碎的国家，随时都会有一群又一群的无奈女子被外强欺凌，被看成风尘一样的轻飘飘。也不外乎，她们的举止被认为，只有这样做，才是对她们最好的纪念，抑或最有力的武器。

这群人的藏身处有一个能看到外界的小孔，这小孔是明亮的，是有透视作用的。这个小孔外发生的一切都是透明的，人心也随着这一次次对外界的观望，成长着。作家笔下的小孔虽小，正是一孔之小，映衬出现实之大。一座教堂，一个小孔，在无我的烟雾中，进去了多少人？出来了多少人？那些不灭的希望，那些倒下的不屈的灵魂，都被这一个小孔穿着，连着，所有的一切被尽情放大，张扬，到无限远处。

小说的结尾是赵玉墨整了容，拒不认书娟。是啊！和平了。她了了心愿。她想做几天平常人，过几天平常日子。再也不愿想起自己曾是赵玉墨了。

这个要求不过分吧！

这群女子因了替下这群女学生，除了赵玉墨侥幸脱逃，最终都风一样地飘远了。不同的死，不同的离开。或许此时，这些得救的女学生们，也成长到能明确地认识到国破家亡的原因、概念，和这场生死替换的价值和意义了吧。

散文的附近

当我看到“一个红脸膛，大脸盘，手脚粗壮有力，头发里有麦秸或糠，一天到晚不知疲倦地劳作着”被作者称作“永动机”似的农妇形象，活生生站在眼前并对我微笑时，内心深处的柔软似被什么人用力掐到的感觉。于是开始极力搜索枯肠，并将幼时曾细细端详过的村妇形象，一遍又一遍地与之并陈于阳光之下。多么近似，多么真实。于是，手捧一本散文，似乎整本只有一个农妇在耕作，在流汗，在我眼前鲜活生动地不停劳作着……

渴望的眼神，厚实的身材，有力的臂膀，支起一家人生活希望的农妇啊！

儿时，在我幼小的心里，曾过早地对农妇产生了一种不同于常人的印象，还在心里人为设置了一个年龄点，四十岁。那时的我一个一个对比过村里所有四十岁以上的农妇。她们的共同点基本相同。都是管家，管娃，下地，烧火，做饭，一张晒得黑中带斑的脸，又总是匆匆忙忙着，总在不知疲倦地干着什么。重要的是，四十岁时，她们就老了。是一种我眼睛里的老。所以，那时的我对四十这个数字，还产生过莫名的恐慌。

或许作者笔下的农妇，和我们每个人眼中的农妇不一样。或者我们身边的农妇，日子更为清苦一些，命运更为清淡一些。可天底下的农妇，是有着绝对的共性的。当读到这篇《农妇》时，心被诱惑了，随着文字，又潜回到了幼年的记忆中。

我开始在网上搜索。皇天不负有心人。我百度到了《农妇》的作者王老师。前些日子得闲，就在他的博客中，一读再读，简直是难以走出，除了受益多多，也读到了一个极具理性、有使命感、情感充沛过人的王克楠老师。

《散文需要在场，更需要在心》《散文写作和地域限制》《散文的难度》《散文的气质》等等，王克楠老师将“精神场”的挥散作用，一针见血地指了出来。

是啊！每一篇好的散文都要有心的参与，和不同心灵的细微的感知，才能让读者感受到一个散文写作者在场时，静态的感官所能体会到的情感磁场的大小与强度，静的高贵，动的多情。这样的文字才有属于写作者个体的“微妙的味道”。

当我们在场时，我们不仅要用眼睛，还有心灵。作者曾写道：当一个写作者消失了眼泪和怀念的时候，散文还能从什么地方生长呢？散文的真实性是维系散文枝繁叶茂的必需营养品，将散文的自由精神在屈张有度的前提下，用散文的真实性和理性，用散文使命、立场的准确性来唤醒，并维护散文生存的状态和信念，是每一个散文写作者的责任和义务。

用心灵写散文的人，还应该在某个事物败落的过程中起到拯救的作用，而不是描述它的衰败过程的传话人。散文写作者们如果读到这篇文章，自当充当当代散文的钙片，让散文平生地多生出力量来，让散文的精神立足于人的精神之上，穿越物质的枷锁，抵达精神的领域，为散文找到精神的出路。

每个散文写作者都应该有他独特的气质。当看到文章的人能从气息上分辨出写作者时，说明这个散文写作者的心理秩序井然，也便成就了一个真正的散文写作者。每个散文写作者都要走出故乡写故乡，所以也需要用心生出他乡即是故乡的广阔情愫，来完成写作散文所要表达的使命。

仍旧是规律，仍旧是现实。当有意或无意的文学链锁，将我们手脚和心灵一并捆绑在一起的时候，当我们忽略真实和反映现实的问题时，又会经历一场有和无的斗争，这个时候，支撑散文的立体脊梁的影子，便会突站出来。

若我们懒洋洋地将散在的文字和画面堆砌在视野里，当我们无心顺意地写下一行行优美华丽的感觉，当我们笔下无视责任和担当以及散文所承载的历史使命感，我们的散文，也就真正的散不可收了。

读过。浅记。

解开语文阅读的“金钥匙”

范春兰作品阅读训练

提分策略　答题技巧

范春兰　著

非卖品

目　录